인생은 일곱 빛깔 무지개입니다.
한 줄 글귀가 인생을 바꿉니다.

____________________님께

____________________ 드림

언덕 위 초가집. 1890. 개인 소장

살아가는 것에 대한 해답

초판 1쇄 인쇄 | 2013년 7월 10일
초판 1쇄 발행 | 2013년 7월 15일

지은이 | 윤문원
펴낸이 | 심윤희
본문디자인 | 최은숙
표지디자인 | 최종명

펴낸곳 | 씽크파워
출판등록 | 2005년 10월 21일 제393-2005-15호
주소 | 서울 종로구 명륜동 2가 22번지 토가빌딩 5층
전화 | 031-501-8033
팩스 | 031-501-8043
이메일 | yun259@hanmail.net

ISBN 979-11-85161-10-5(03810)

* 잘못된 책은 바꿔드립니다.
* 책값은 뒤표지에 있습니다.

「이 도서의 국립중앙도서관 출판시도서목록(CIP)은 서지정보유통지원시스템 홈페이지(http://seoji.nl.go.kr)와 국가자료공동목록시스템(http://www.nl.go.kr/kolisnet)에서 이용하실 수 있습니다.(CIP제어번호: CIP2013009108)」

| 고흐와 함께하는 인생항로 |

살아가는 것에 대한 해답

윤문원 지음

씽크파워
THINK POWER

작가의 말

끌로 바위에 글을 새기듯 쓴 책입니다

《살아가는 것에 대한 해답》은 떠오른 생각들을 '휙' 하니 써내려간 책이 아닙니다. 그동안 읽고 본 고전을 비롯한 명저, 언론, 강연, 광고 카피, 심지어 연속극에서의 대화에 이르기까지의 수많은 자료를 참고하면서 삶에서 우러난 생각을 농축시켜 끌로 바위에 글을 새기듯 쓴 책입니다. 오랜 기간 묵히고 묵혀 첨삭을 반복하면서 곰삭게 하여 우려낸 삶의 정수로 그동안 쓴 저서와 글의 결정체입니다.

내가 '이렇게 했기 때문' 에 '이렇게 할 수 있고 이렇게 하라 '는 것이 아닙니다. 나는 지금까지 삶을 살아오면서 승승장구할 때도 있었지만 많은 시행착오와 실패와 시련을 겪었습니다. 이러한 과정에서 ' 이렇게 했더라면 '하고 마음속으로 절절히 느낀 생각과 반성을 담아 자신에게 충고하고 위안하듯이 쓴 글입니다.

힘든 세상을 살아가는 이들에게 공감을 불러일으켜 지혜를 주고 흔들리는 마음에 조금이라도 위안이 된다면 이 책을 쓴 커다란 보람입니다.

빈센트 반 고흐의 탄생 160주년을 맞아 대표적인 그림을 비롯한 초기 작품부터 자살에 이르기까지 그린 작품 103점이 실려 있어 그림을 그린 장소와 시기에 따른 고흐의 화풍 변화를 전체적으로 조망할 수 있습니다. 76가지 인생 키워드와 함께 '왜 이 인생 키워드에 이 그림일까?' 생각하면서 고흐의 작품을 음미하면 문화적인 소양을 높이면서 별난 재미를 느낄 것입니다.

책 한 권이 운명을 바꿀 수 있습니다. 한 줄의 글귀에서 깨달음을 얻고 마음에 불을 지핀 열정적인 노력으로 인생이 달라질 수 있고, 힘든 상황에서 위안을 받아 마음의 평정으로 인생의 획을 바로 잡을 수 있습니다.

하느님께서 이 책을 쓸 수 있도록 사유의 은총을 베풀어 주심에 감사드리며 많은 분들과 공유할 수 있기를 기원합니다.

2013년 여름

윤문원

몽마르트의 채소밭, 1887, 암스테르담, 반 고흐 미술관

차례

감자 심는 부부, 1884, 독일 폰 데르 하이트 미술관

어머니 초상. 1888. 미국. 노턴 사이먼 미술관

가족

인생에 1,000억을 가지고 있다고 가정하자.
1,000억 중에 첫 번째 0은 명예이며 두 번째 0은 지위이고
세 번째 0은 돈으로 인생을 풍요롭게 하는 것들이다.
앞에 있는 1은 가족과 건강이다. 만약 1을 지우면 0원이 되어버린다.
인생에서 명예, 지위, 돈도 중요하지만
가족과 건강이 없다면 무용지물이 되어버린다.

가족은 소중한 존재다.
삶의 큰 의미 중 하나가 바로 '가족을 위해' 이다.
가족을 생각하는 마음이 희생과 인내하게 한다.
가족의 의미는 단순한 사랑이 아니라 힘과 정신적인 안정감의 원천이다.
몸이 아프거나, 남으로부터 상처를 받거나, 어려운 일이 닥치면
가족이 커다란 울타리가 되고 용기의 샘물이 된다.

인생의 길목에서 가장 오래, 가장 멀리까지 배웅해주는 사람은 가족이다.
가족은 사랑과 나눔의 시작인 동시에 끝이다.

아버지의 손을 잡아보거나, 어머니를 안아드리거나,
부모의 손톱을 깎아드리거나 발을 씻겨드리거나 등을 밀어드리거나
어깨를 주물러 드리거나 한 적이 있는지,
있다면 언제 했는지 떠올려 보라.

결혼을 했다면 "여보 사랑해, 당신 힘들지?"를,
자녀를 포옹하며 "너를 사랑한단다"를 하고 있는지 생각해 보라.

"너무 바빠요. 피곤해요. 내키지 않아요. 싫어요. 못 가요" 하면서
가족들과 보낼 수도 있는 시간들에 대하여
냉정하게 굴고 있지나 않은지 반성해 보라.

가족이 내일도 곁에 남아 줄지는 아무도 모른다.
인생은 짧고 소중한 사람과 함께할 시간은 더 짧다.
멀리 떠나기 전에 시간 있을 때마다 함께 하며 즐기고 사랑해라.

가족의 등 뒤에서 살짝 안아보라.
형용할 수 없는 기쁨과 감동이 서로의 가슴에 물결칠 것이다.
오늘이 지나면 다시 못 볼 사람처럼 가족을 대해라.

호화주택에 살면서 다투며 사는 가정이 있는가 하면
오막살이 안에 웃음과 노래가 가득한 가정이 있다.
비록 가진 것은 많지 않아도 사랑이 있고, 꿈이 있고,
내일의 희망이 있으면 행복한 가정이다.
가정을 행복하게 만드는 것은 건물이나 가구에 있지 않고
오직 마음에 있고 정신 속에 있다.
좋은 집에 살려고 하기보다 행복한 가정을 이루어라.

가정은 생명의 산실이며 행복의 원천이다.
행복한 가정에서 상처와 아픔은 싸매지고 슬픔은 나눠지고,
기쁨은 배가 된다.
가정은 구성원 간의 희생이 없이는 영위되지 못한다.
행복한 보금자리는 그저 되는 것이 아니라
구성원인 가족들이 스스로 만들어 가는 것이다.
가정의 화목을 이루는 지혜를 발휘해라.

가정은 인격을 단련시키는 최초이자 중요한 학교다.
사랑이 가득 넘치는 가족보다 더 위대한 교사는 없다.
행복한 가정이야말로 최고의 학교이며
화목한 가족이야말로 최고의 교사임을 명심해라.

오베르의 성당, 1890, 파리 오르세 미술관

감사

수도원과 감옥의 공통점은 세상과 고립되어 있다는 점이다.
차이점은 감사가 있는 곳인가 없는 곳인가의 여부다.
수도원도 갇혀서 살고 감옥도 갇혀서 산다.
수도원은 스스로 결단해서 갇혀서 살고 감옥은 강제로 갇혀서 산다.
수도원 사람은 갇히고 열악한 환경에 대해서 감사하지만
감옥에 있는 사람은 갇혀있는 생활에 불평한다.

수감된 죄수가 수도자와 같은 '감사의 마음'을 가지면
그 죄수에게는 감옥이 수도원이 될 것이고,
반면에 수도자가 죄수와 같은 '불평의 마음' 을 가지면
그 수도자에게는 수도원이 감옥이 될 것이다.
마음에 감옥을 두고 사느냐,
마음에 수도원을 두고 사느냐는 스스로 선택의 몫이다.

인생에는 항상 두 가지 측면이 있다.
삶에서 '즐거움을 끄집어내느냐', '고통을 끄집어내느냐' 이다.
감사하는 마음을 가지면 세상은 천국이 되고
불평하는 마음을 가지면 세상은 지옥이 된다.
환경이 바뀌길 기다릴 것이 아니라
주어진 상황에 감사하는 긍정적 사고를 가져라.

감사하는 마음은 삶을 풍요롭게 해주는 확실한 방법이며
삶이 지속되도록 해 주는 최고의 보험이다.
감사하는 마음을 가지면 기쁜 마음으로 삶을 즐기게 된다.
어떠한 상황에서도 좋은 면을 보려고 한다면
삶이 감사로 가득 넘침을 알게 된다.

극한적인 상황에 있다고 상상해보면 일상적인 것,
아무렇지도 않게 여기는 것들까지도 소중함을 깨닫게 될 것이다.
가지고 있지 않은 상황에 대하여 아무리 불평해도 소용이 없다.
지금 가지고 있는 것들에 감사하면서
선용하지 않으면 좋은 일이 일어날 수 없다.
이미 가진 것들 가운데 감사할 일에 집중해라.

감사해야 할 일들의 목록을 작성해봐라.
가지고 있는 것에 대해 생각해 보면
놀랍게도 감사해야 할 일들이 꼬리를 물고 끊임없이 이어진다.
감사하는 마음으로 살아간다면
더 많은 기쁨, 더 많은 건강, 더 많은 돈, 더 놀라운 경험,
더 많은 멋진 인간관계, 더 많은 기회를 돌려받게 된다.
감사하는 태도를 통해 더욱 사려 깊은 사람으로 거듭나라.

감옥 마당에서 죄수들의 운동시간, 1890, 모스크바, 푸슈킨 미술관

숲속의 소녀. 1882. 오테를로. 크롤러 뮐러 미술관

감춤

눈과 비는 창을 통해 바라볼 땐 그지없이 아름답지만
가까이 다가가서 보면 흙탕물로 변하는 모습을 보게 된다.
사람도 마찬가지로 자세히 알게 하면 알수록 실망시키기 쉽다.
자신을 드러내면 드러낼수록 남들에게 바칠 세금은 커진다.

자신의 지식과 능력을 전부 다 헤아릴 수 없게 해라.
지식과 능력의 한계를 알게 하면 실망시킬 위험이 있다.
추측하게 하는 것이 더 큰 존경심을 불러일으킨다.
자신을 알게는 하지만 자신을 헤아릴 수 없게 해라.

자신에 대해 입을 열 때마다 사람들은 마음속을 들여다본다.
자신에 대한 얘기는 자화자찬이거나 자학, 둘 중의 하나다.
자화자찬은 허영을, 자학은 듣는 자를 고통에 내맡긴다.
어떤 행동이나 결정에 대해서 구구한 변명이나 해명을 늘어놓지 마라.

나쁜 뜻을 품은 자는 상대방의 약점을 캐내어 집중적으로 찔러댄다.
때로는 운명의 매질이 가장 아픈 상처에 가해져서
회복 불가능한 상태로 만들어 버린다.
신중한 자는 상처를 보이지 않으며 불행을 발설하지 않는다.
아프게 느끼고 있는 약점을 드러내지 마라.

마음속에 감정의 폭풍이 아무리 거칠게 불어도,
얼굴이나 말에 나타나지 않도록 해라.
속마음을 간파당하면 일을 그르친다.
혈기왕성이 지나치면 사소한 일에도 마음이 들떠 말을 내뱉고
얼굴 표정에 나타내어 속마음을 비친다.
감정이나 표정을 숨길 수 없는 사람은
그렇게 할 수 있는 사람의 손에서 놀아난다.
속내를 깊이 감추지 않는다면 패배할 날을 기다리는 처지가 될 것이다.
내면은 신중하면서 겉으로는 드러내지 말고
외면적으로는 싹싹하고 영리하게 행동해라.

비밀을 보전하는 것은 갑옷을 입는 것과 같다.
비밀은 감추고 있으면 힘이 있지만 노출되는 순간 힘을 상실한다.
다른 사람에게 말하지 않고 혼자서만 간직하고 있으면 자유로울 수 있다.
타인에게 다 털어놓아 버리면 당장은 시원할 수 있을지 몰라도
차츰 구속을 받게 되고 속박 당할 수 있다.
감정을 감추지 않으면 비밀을 보전할 수 없고,
비밀을 보전할 수 없으면 일을 그르친다.
비밀은 강건한 자기억제에서 나옴을 명심해라.

기대란 언제나 실제의 것보다 더 큰 것을 상상하게 된다.
상상력은 현실에 실제로 존재하는 사물보다
훨씬 더 많은 것에 대한 기대감을 낳는다.
부푼 기대에 사로잡혀있던 사람의 기대에 못 미치면
탁월함을 칭찬하기보다는 오히려 비난한다.
불행은 지나친 기대에 부응하지 못할 때 초래된다.

이상을 품기는 쉬워도 실현시키기는 어렵다.
탁월한 사람도 기대를 충족시키기에는 부족할 수밖에 없다.
결과에 대해 비난받지 않도록 뜻한 바를 조금 감추라.
실제 결과가 기대했던 것 이상이 되도록 너무 큰 기대를 갖게 하지 마라.

일을 처리하는 방식에 변화를 주라.
똑바로 날아가는 새를 맞히기는 쉽지만
방향을 바꾸는 새를 맞히기는 어렵다.
노련한 투수는 타자가 예측할 수 있는 공을 던지지 않고 허를 찌른다.
같은 방식을 취하지 않을 때 남들의 주의를 분산시킬 수 있다.
때로는 규칙에 얽매이지 않고 기존 방식을 탈피하여 행동해라.

밤중의 집. 1890. 상트페테르부르크 헤르미타지 미술관

거절

거절할 줄 아는 것은 인생의 위대한 규칙이다.
거절할 줄 모르는 사람은 자물쇠 없는 금고와 같다.
거절은 승낙만큼 중요하다.
거절하지 못해 낭패를 보는 사람이 부지기수임을 명심해라.

승낙할 것인가 거절할 것인가를 선택하기 전에
법적으로 문제가 없는지, 나중에 공개되더라도 괜찮은지,
해낼 수 있는 일인지, 해야 할 가치가 있는지를 판단해라.
부적당한 일에 몰두하는 것은 귀중한 시간을 좀먹는 일이다.
남이 자신에게 부당한 일을 강요할 수 없도록
사려가 깊지 않으면 패가망신한다,
거절을 두려워 말고 거절해야 할 때는 거절해라.

처음부터 단호하게 거절하는 것은 현명한 태도가 아니다.
즉석에서 물리치지 말고 생각을 거친 후에
할 수 없는 일이라고 판단되면 거절의 말을 최대한 빨리 알려주라.
승낙하지 못해 호의가 빠져버린 빈 공간을 정중함으로 메우지 않으면
사이가 멀어지고 현명하게 거절한다면 오히려 인정받게 된다.
거절할 용기와 거절하는 방법을 알고 있다면 뛰어난 처세의 소유자다.
거절하는 방법을 터득해라.

하지 말아야 할 일을 무시하지 않으면 적절하지 못한 일에 말려들게 된다.
행복의 비결은 불필요한 일에서 자유로워지는 것이다.
현명한 사람은 무시하여 복잡한 일에 말려들지 않는다.
점잖게 슬쩍 등을 돌림으로써 복잡한 미로로부터 벗어나며
분쟁의 한가운데에서 노련하게 빠져나온다.
일이 아닌 것을 일거리로 만들지 마라.
정중함을 보이면 성가신 일을 피할 수 있다.
불손한 자, 고집스러운 자, 어리석은 자에게는 예의를 보여라.

두 물건이 부딪치면 소리를 내고 두 사람이 부딪치면 다툰다.
소리를 내는 것은 두 가지가 모두 단단하기 때문이며
모두 부드러우면 소리가 나지 않으며
하나만 부드러워도 소리가 나지 않는다.
다툼이 일어나는 것은 두 사람 모두 욕심을 부리기 때문이며
모두 양보하면 다툼이 일어나지 않으며
한 사람만 양보해도 다툼은 일어나지 않는다.
바람직한 일은 부드러운 쪽이 단단한 쪽을 부드럽게 만들고,
양보하는 사람이 욕심 많은 상대방을 감화시키는 것이다.
유연하게 대처해라.

트린케테일레에 있는 다리. 1888. 개인 소장

슬픔, 1882, 개인 소장

걱정

걱정은 일어나지 말았으면 하는 일이 일어날 것이라고
부정적인 상상을 하는 것이다.
우유부단함과 의심에서 비롯되는 불안함의 일종이다.
걱정은 흔들의자와 같아서 마음을 흔들어 놓는다.
엔진을 공회전 시키는 것과 같아서 앞으로 나아가지 못하게 한다.
걱정은 에너지를 소모시키며 심신을 해친다.
특히 시련이 닥쳤을 때 걱정하는 것은
심신을 약화시킬 뿐만 아니라 진취적 사고를 막는다.

걱정하는 것은 인간 본능이다.
인간의 마음은 걱정을 내려놓지 못하며 내려놓으려 하지 않는다.
생각 속에서 상황을 내려놓지 않으면서 마음속에 걱정거리를 쌓아간다.
마음속에 걱정의 짐을 짊어지고 다니는 것이다.
걱정을 달고 다니면 쉴 수도, 숙면을 취할 수도 없게 된다.

걱정은 마음에 평화와 행복을 앗아간다.
걱정이 자신을 정복하게 해서는 안 된다.
걱정이 다가왔을 때 스스로를 무너뜨리지 마라.
지혜로운 자는 걱정에 탐닉하거나 노예가 되지 않는다.
자신을 에워싸고 있는 우울한 생각을 차단해라.

기도해라.
너무나 자신과 논쟁하고 너무나 지나치게 풀이한 문제를 잊게 해 달라고,
걱정할 것과 걱정하지 않을 것을 구분해 달라고,
조용히 앉아 있는 법을 가르쳐 달라고 기도해라.

걱정의 40%는 절대 현실로 일어나지 않는 상상의 산물이다.
걱정의 30%는 이미 일어난 일에 대한 것이다.
걱정의 22%는 사소한 문제를 확대해석하여 걱정거리로 만든 것이다.
걱정의 4%는 어쩔 도리가 없는 일로 걱정해도 소용없다.
걱정의 4%는 해결할 수 있는 일로 걱정할 필요가 없다.

걱정은 해결할 생각이 없을 때 나타나는 현상일 수도 있다.
걱정만 한다고 문제가 해결 되는 것이 아니다.
걱정만 하고 아무런 노력을 기울이지 않으면
상황은 더욱 힘들어지고 불행해진다.
사소한 일, 일상적인 사고, 불가피한 사고에 불안해하지 마라.
닥친 일 중에서 해결할 수 있는 일에 국한해서만 생각해라.

인생은 끝없는 문제의 연속이다.
걱정은 늘 있게 마련이며 진을 빼기 일쑤이다.
시시각각 어떤 걱정거리가 날아올지 알 수 없다.
살아있는 사람은 걱정거리가 있다.
걱정거리가 없는 것이야말로 문제다.
걱정거리가 있다는 것은 그만큼 생기 있게 살고 있다는 반증이다.

삶에서 걱정이 없을 수 없지만 지나친 걱정은 백해무익이다.
지나친 걱정이 더 큰 걱정을 낳고 불행을 부른다.
지나친 걱정은 자신을 불행의 열차에 올려 태우는 격이다.
걱정을 하면 할수록 불행열차의 속도도 빨라진다.

인력의 법칙에 따라 걱정을 하면 걱정하는 대상을 불러들이게 된다.
일어나지 말았으면 하고 걱정한 것이 현실로 나타나는 경우가 많다.
오랜 시간 동안 걱정한 대상이 인생에 들어오게 되는 것이다.
부정적인 생각으로 인한 걱정의 짐을 덜어야 한다.
바라지 않는 것들에 골몰하지 말아야 한다.
문제가 생길 때마다 지금 이 순간에 간절히 바라는 것을
스스로에게 물어보면서 부정적인 생각을 무력화시켜라.
자신이 바라는 것들만 생각하고, 말하고, 상상해라.

고등어, 레몬, 토마토 정물, 1886, 스위스, 오스카 라인하르트 미술관

건강

건강은 삶의 전제 조건이자 필수 조건으로 기쁨의 원천이다.
건강이 허락하지 않으면 행복한 삶을 영위할 수 없다.
건강해야 삶의 활력이 넘쳐난다.
몸이 아프면 강건한 의지를 가졌다고 해도 나약해질 수밖에 없다.
건강의 기본 원칙은 잘 먹고, 잘 자고, 휴식을 취하고,
적당한 운동을 하는 것이다.
좋은 물, 좋은 공기를 마시고, 심호흡과 명상도 하고, 열심히 사랑하고
감사의 마음을 품고, 좋아하는 일을 하는 것이 건강을 지키는 길이다.

음식은 신체, 정신 활동을 하는 데 필요한 생명력을 공급해주지만
과식은 육체와 정신에 큰 해가 됨으로 건강을 위한 식생활을 해라.
운동에 시간을 할애하는 것은 인생을 경제적으로 보내는 것이다.
운동에 시간을 투자하지 않으면
병에 걸려서 보다 많은 시간을 병상에서 보내야 한다.
물은 노폐물을 배설시켜 건강과 체중 감량에 도움을 준다.
하루 2리터를 수시로 마셔라.
담배는 백해무익이므로 담배를 피우지 마라.

몸과 마음과 정신을 돌보는 일이 건강을 지키는 첩경이다.
건강의 튼튼한 기초를 닦고 유지하기 위해 스스로를 단련해라.

신체 기관을 활발히 움직여야 건강할 수 있다.
신체의 즐거움을 느끼고 강해져야 한다.
다리가 기쁨을 느낄 정도가 되어야 신체적으로도 기쁨을 느낀다.
신체 단련에서 뛰어난 성과를 거두도록 해라.

건강은 신체뿐만 아니라 정서와 정신, 영적인 존재를
좌지우지하는 엄청난 힘을 발휘한다.
몸 상태가 좋지 않으면 곧 마음에 갈등, 긴장, 근심 등을 가져온다.
마음속의 억압된 감정이 질병을 부른다.
정신적인 긴장이 계속되지 않도록 주의해야 한다.
분노와 격정과 같은 격렬한 감정의 혼란을 피해야 한다.
몸과 마음과 정신과 영혼이 균형 잡혀 있어야 건강한 상태이며
만족스럽고 보람 있고 성숙한 삶을 살 수 있다.
자신의 몸, 아름다움, 마음, 정신에 헌신해라.

몸은 처음에는 미세한 몸 상태 느낌의 작은 소리로,
나중에는 몸이 아픈 큰 소리로,
그래도 응답이 없으면
몸 상태가 악화된 천둥 벼락 같은 소리로 말을 걸어온다.
몸이 하는 말을 수시로 듣고 큰소리가 나기 전에 몸을 보살펴라.

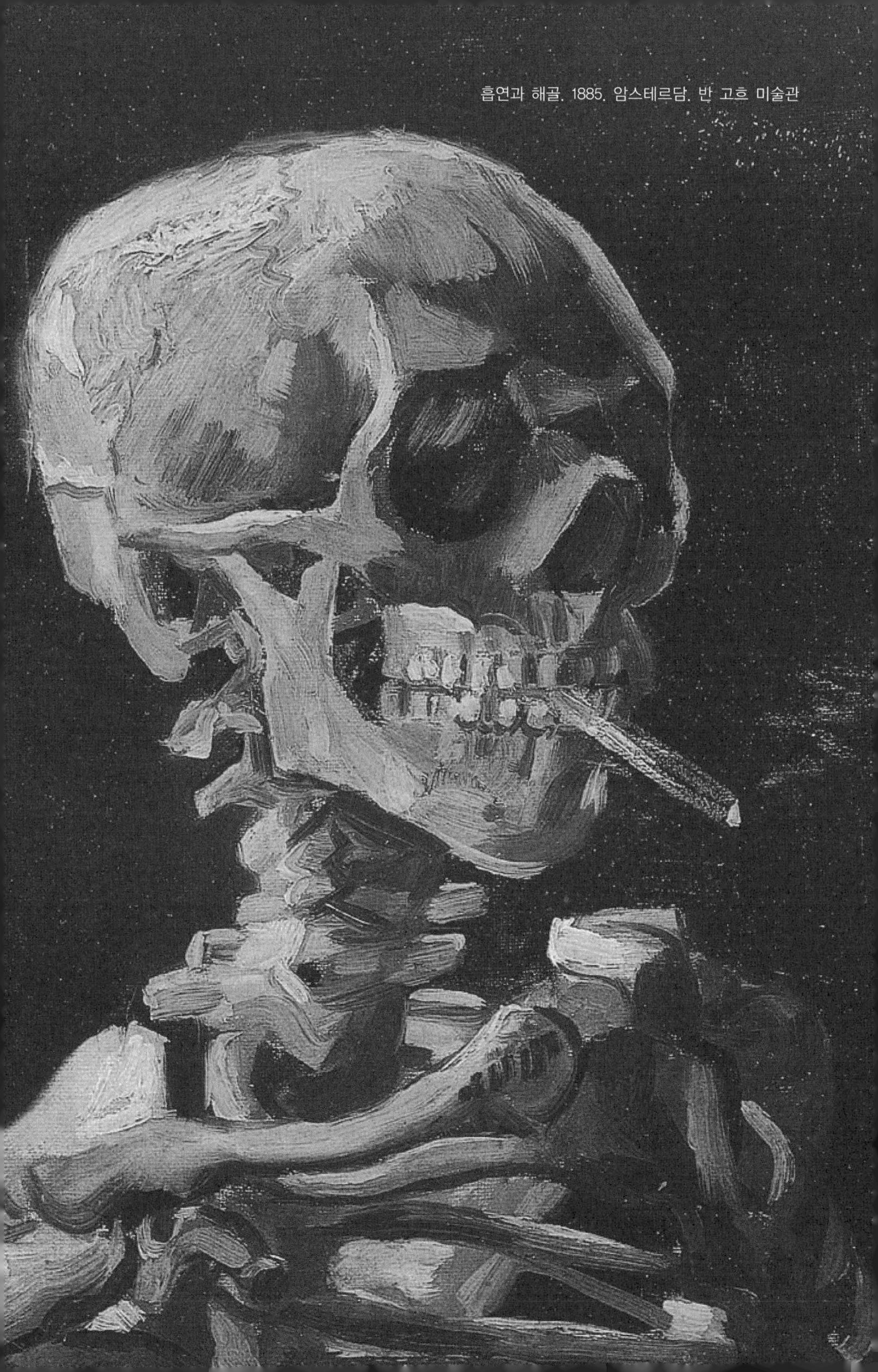

흡연과 해골. 1885. 암스테르담. 반 고흐 미술관

앉아있는 알제리 주아브 용병. 1888. 개인 소장

결단

인생은 결단의 연속이다.
삶은 헤아릴 수 없이 많은 결정의 연속이며 결단의 순간을 갖고 있다.
삶은 정답을 맞히는 게임이 아닌
불확실성 속에서 성과를 만들어내는 게임이다.
합리성으로 과감한 결정을 적시에 하는 것이 중요하다.

한 순간의 올바른 결단으로 인생이 승승장구하기도 하지만
빗나간 결정으로 불행해지기도 한다.
성공한 사람은 명확하고 확실한 결단,
해내느냐 죽느냐 하는 결단을 내리며 길을 걸어간 사람이다.
올바른 결단을 차마 내리지 못하는 사람은 성공하지 못한다.

끊고 맺음이 분명한 사람은 바쁜 것처럼 보여도 여유가 있다.
우물쭈물하는 사람은 한가한 것처럼 보여도 항상 바쁘다.
유능한 사람은 결정을 미루지 않는다.
재능 있는 사람이 가끔 무능하게 행동하는 것은 우유부단에 있다.
우유부단은 여유도 아니며 유연성도 아니다.
여유를 가진다는 것은 중요하지만 우유부단은 마음이 나약하다는 증거다.
우유부단이야말로 성공을 가로막는 최대의 적이다.
우유부단으로 때를 놓치지 마라.

결단은 마음을 가다듬고 창조력을 자극한다.
결단이 섰을 때 의구심과 혼란은 사라진다.
에너지가 샘솟으며 인생에 대한 통제력을 발휘했다는 느낌이 든다.
결단을 내리지 못하고 주저하면
어떤 일을 할 것인지 방향을 잡지 못하고 우왕좌왕하게 된다.

고민이란 어떤 일을 시작했기 때문에 생기기보다는
할까 말까 망설이는 데에서 더 많이 생긴다.
망설이지 말고 시작하는 것이 한 걸음 앞서는 것이다.
성공하는 사람은 신속한 결단력의 소유자다.
실패한 사람은 결단이 매우 느리다.
실패한 결정 열 개중 여덟 개는 판단을 잘못해서가 아니라
'제 때' 결정을 못 내렸기 때문에 실패한 것이다.

결단은 타이밍이 중요하다. 최종 확신을 기다려 미루면 안 된다.
결단의 순간을 시작으로
예상하지 못했던 일들과 만남과의 물질적 원조가 일어날 수 있다.
힘은 결단력과 민첩성으로 나타난다.
신속한 결단, 과단성 있는 행동을 해야 한다.
결심이 서면 결정한 것을 과감하게 밀고 나아가라.

결단하기 전에 결과를 깊이 고민해야 한다.
'심사숙고深思熟考' 라는 말이 이런 때 해당하는 말이다.

30초 규칙이란 것이 있다.
어떤 일을 결정해야 하는 순간에 30초만 더 생각하라는 것이다.
우유부단으로 망설이라는 것이 아니라 어떤 결단의 기로에 섰을 때
30초만 더 자신에게 겸허하게 물어보라는 것이다.
이 결정이 삶에 어떤 영향을 미칠 것인지 신중하게 판단해라.

중요한 결정을 할 때에는 단기적이 아니라 장기적으로 보아야 한다.
장기적 관점의 소유자는 미래 목표를 달성하는 데 도움이 될 결정을 한다.
장기적인 사고는 단기적인 의사 결정을 향상시킨다.

결단을 내리기 위해서는 정확하고 충분한 정보는 필수적인 요소다.
감정과 이성을 잘 조화시켜야 한다.
현재 상황을 파악하고 미래를 예측해야 한다.
직관력으로 불확실성에 대처해야 한다.
많은 가능성과 경우를 꼼꼼히 따져본 후에 결단하고 최선을 다해라.

벌판의 밀 짚단, 1885, 오테를로, 크뢸러 뮐러 미술관

겸손

겸손은 교만의 반대편에 선 미덕이다.
인간은 누구나 교만해지기 쉬운 존재다.
겸손은 인생에서 성공하기 위한 열쇠다.
교만은 성공의 독이며 해독제는 겸손이다.
교만은 인간관계의 뺄셈법칙이고 겸손은 인간관계의 덧셈법칙이다.
겸손 없이 원만한 인간관계가 불가능함을 명심해라.

뛰어난 재능은 인물을 돋보이게 하지만 적을 만들기도 한다.
재능이 칼이라면 겸손은 그 재능을 보호하는 칼집이다.
겸손한 사람이 하는 일은 공감하지만
교만한 사람이 하는 일은 시기하기 쉽다.
겸손은 남이 시기해 진로를 방해하지 않도록 도와준다.

벼는 익을수록 머리를 숙인다.
겸손은 자신을 낮추는 것이 아니라 자신을 세우는 것이다.
용기와 힘을 함께 갖춘 사람은 결코 교만하지 않다.
진정한 힘이 있는 사람의 겸손은 진심이며,
약한 사람의 겸손은 비굴함으로 비쳐질 수 있다.
힘이 있는 사람의 겸손은 결코 비굴이 아니다.
겸손하게 행동하되 비굴하지 마라.

물이 바다로 모이는 것은 바다가 낮은 곳에 있으며
모든 물을 수용할 수 있는 역량이 되기 때문이다.
물이 불의 사나움을 누그러뜨리듯 겸손함은 화를 누그러뜨린다.
인간의 정신은 가혹한 행위에는 저항하고
따뜻한 마음에는 굴복하도록 만들어졌다.
극단적인 상황에서도 겸손함을 잃지 마라.

스스로 높아지려 한다고 해서 높아지는 것이 아니다.
자기 스스로 높은 곳에 앉은 사람을 신은 아래로 밀어내고
스스로 겸손한 사람을 부축해 올린다.
항상 자기가 설 곳보다 조금 낮은 장소를 택해라.
타인으로부터 내려가라는 말을 듣는 것이 아니라
올라가라는 말을 듣도록 해라.

남이 반갑게 인사한다고 해서
자기를 훌륭하게 여기기 때문이라고 생각하지 마라.
남이 자기의 말에 참으며 반대하지 않고 따른다고 해서
존경하기 때문이라고 생각하지 마라.
남이 은혜를 베풀어주는 것을 사랑하기 때문이라고 생각하지 마라.
남이 겸손해 하는 것을 경의를 표하기 때문이라고 생각하지 마라.

과장은 거짓말과 가까운 사이다.
과장은 호기심을 일깨우고 욕망을 자극하지만 나중에는 배반당한 기대는
그 허위를 적으로 삼으며 과장한 자를 하찮게 여긴다.
과장하지 말아야 진리를 손상하지 않고 분별력도 지킬 수 있다.
과장하여 최상급을 사용해 말하지 말고 과장으로 인해 명성을 잃지 마라.

자기과시는 미움을 사며 시기심을 유발시킨다.
과시하는 지위나 위엄이 다른 사람의 감정을 상하게 한다.
지위가 높을수록 걸 맞는 명망이 요구된다.
명망이 없이는 지위를 위엄 있게 행사할 수 없다.
과시하지 말고 필요한 명예를 지켜라.

친구를 얻고 싶은가? 적을 만들고 싶은가?
적을 만들기 원한다면 내가 잘났다고 말해라.
친구를 얻고 싶다면 나보다 뛰어나다고 느끼게 해주어라.

화를 당하는 사람은 대부분 두뇌가 명석한 사람이다.
느긋한 사람이 화를 당하는 경우는 극히 드물다.
두뇌는 명석해지도록 충분히 연마해 두어야 하지만
명석함은 드러내지 않고 느긋하게 간직하고 있어라.

아를의 경기장, 1888, 상트페테르부르크, 헤르미타지 미술관

경쟁

삶은 경쟁의 연속이다.
인간 세상에서 경쟁이 없을 수 없다.
재화는 한정되어 있어 경쟁은 불가피하며 피할 수 없는 현실이다.
경쟁은 '같은 목적에 대하여 서로 이기거나 앞서려고 다투는 것' 이다.
경쟁의 본질은 '같은 목적' 이 있을 때 성립되며
이기거나 앞서고자 하는 상대방이 있다.

경쟁은 현대 사회의 근본적인 작동 원리다.
경쟁은 긍정적이며 발전의 원동력이며 견인차다.
경쟁을 통해 개인이 욕망을 추구하면서 사회가 발전하고 유지된다.
경쟁은 학습과 업무 효율을 끌어올려 생산력과 부를 증대시키고
효율적인 분배를 가능하게 하는 메커니즘이다.
경쟁은 긍정적이며 지나치게 과열되지 않는다면 선한 결과를 얻게 해 준다.

경쟁은 발전을 위해 필요한 자양분이다.
경쟁은 현실의 목표를 추구하는 데 동기를 부여하여
최고의 기량을 발휘하게 한다.
경쟁이 있어야 활력이 있고 발전도 있다.
경쟁이 발전임을 인식하고 경쟁을 즐겨라.
경쟁이 주는 짜릿한 스릴과 긴장감을 만끽하라.

누군가를 넘어서기 위해 몰두하고 있는가?
자신의 한계를 넘어서기 위해 몰입하고 있는가?
남보다 나은 실력을 갖추기 위해 노력하고 있는가?
보다 나은 실력을 쌓기 위해 자신과의 싸움을 하고 있는가?

경쟁이란 상대를 이기는 걸 의미하는 것만은 아니다.
자신이 누구인지를 발견하고
가지고 있는 잠재력을 최대한 발휘하는 자신과의 경쟁도 있다.
자기와의 경쟁은 자신의 과거와의 경쟁이다.
자신의 전보다 지금 더 잘하려는 사람은
내면의 거울에 비춰보고 반성하고 성찰한다.

인생이라는 마라톤의 참된 의미는 순위 다툼이 아니라
자신과 싸워 자신의 역량을 최대한 발휘하는 데 있다.
삶에서 남과 경쟁하는 것은 불가피하지만
때로는 남과의 경쟁으로부터 벗어나 자신과 경쟁하라.
더 나은 경쟁력을 갖추어 나가면서 목표를 향해 전진하라.

경쟁은 공정해야 한다. 공정한 경쟁이란 조건이 같아야 한다.
경쟁의 공정성을 갖추기 위해서는 경쟁 과정뿐 아니라
능력의 차이를 고려하여 합리적으로 조정되어야 한다.
규칙이 없거나 규칙이 무너진 경쟁은 착한 경쟁이 아니다.
경쟁자들이 결과를 합당하게 받아들일 수 있는 규칙이 있어야 한다.
공정한 경쟁이 될 수 있도록 경쟁의 규칙을 만들어 작동되어야 한다.

경쟁이 지나치게 치열해지면
공정한 경쟁을 하겠다는 마음보다는 경쟁 논리에 휩싸인다.
과정은 무시하고 결과만을 두고 승자를 가리는 경쟁은
정당한 경쟁이 아니라 막가파식 경쟁이다.
강자만이 살아남는 힘의 논리다.

경쟁이란 상대를 밟고 올라서는 게 아니라 안고 올라가는 것이다.
'경쟁' 이 '함께 추구한다' 는 뜻을 내포하는 어원처럼 경쟁을 통해
함께 발전하고 상호 협력의 원리가 보조적으로 작동되어야 한다.
인간은 사회적 동물로서 다른 인간과 함께 살아가야 하는 존재다.
경쟁의 궁극적인 목적은 개인의 행복과 사회 발전의 추구다.
사회가 더불어 사는 공동체가 되어야 한다.

고흐 자화상, 1889, 영국 런던, 코트아울드 미술관

경청

신이 인간에게 한 개의 혀와 두 개의 귀를 준 것은
말하는 것보다 말을 두 배 더 많이 들으라는 뜻이다.
상대방보다 적게 말하겠다는 인내심을 발휘해야 한다.
남의 말을 가로막지 말고 다 듣지도 않고 대답하지 마라.

크게 생각하는 사람은 듣기를 독점하고
작게 생각하는 사람은 말하기를 독점한다.
자신의 생각을 잠시 접고 경청해라.

들을 청聽자를 자세히 뜯어보면,
'다른 사람의 말을 듣는 귀耳가 으뜸王이며,
들을 때는 열개十의 눈目을 움직여 하나의一 마음心을 주시하라' 는
메시지를 담고 있다.

상대방의 말속에는 원인과 결과, 문제와 해답이 있다.
말하는 바를 귀담아 듣고,
말하고자 하나 차마 옮기지 않는 바를 구분하여 들어라.
세심한 주의를 기울이면서 듣고,
말하는 상대의 마음속으로 파고들도록 자신을 길들여라.

경청이란 단순히 말을 하지 않고 듣는 것이 아니다.
마음의 중심이 상대방에게 향하는 것이다.
경청은 그 자체가 존중과 격려다.
상대방에게 다가가서 가치를 인정해 주는 찬사와 같은 것이다.
상대방을 존중하고 있다는 모습을 보여줌으로써 신뢰를 얻어라.

감동하는 것도 재능이다.
상대가 말을 할 때 무덤덤해서는 안 된다.
상대의 말의 내용에 따라서 표정을 짓고 웃고 눈물을 흘린다면
감동 받은 자세에 대해 상대방도 감동된다.
웃을 때 같이 웃고, 울어야 할 때 같이 울면서 감동을 나누어라.

경청은 상대방의 호감을 얻는 데 웅변보다 효과가 있다.
어떤 아첨도 경청보다 큰 효과를 발휘할 수 없다.
경청을 잘 하는 것이 처세의 비결이다.
서로 간에 감정이 융합되어 친숙의 단계를 뛰어넘어
절친한 단계로 진입할 수 있다.
말하기는 요령과 기술이지만 듣기도 자세이며 기술이다.
북적대는 방에서 누군가와 이야기를 할 경우라도,
그 방에 둘만 있는 것처럼 상대를 대해라.

자신이 하는 말은 자신에게 아무것도 가르쳐주지 않는다.
새로운 것을 배우려 한다면 귀담아 들어야 한다.
다른 사람의 말을 주의 깊게 들으면
많은 것을 배울 수 있고 독단에 빠지지 않도록 해주는 계기가 된다.

대개 상대가 한 말의 절반만 듣고, 그 절반만 귀담아 들으며,
그 절반만 이해하고, 그 절반만 믿으며, 그 절반만 기억한다.
결국 기억하는 말은 상대방이 한 말에 비해 극히 적으므로
좀 더 열심히 적극적으로 들어야 한다.
상대방의 말을 귓등으로 흘려서는 안 된다. 귀담아 들어야 한다.
집중하면서 귀를 기울여야 한다.
제대로 들어야 의도를 오해하지 않고 받아들일 수 있다.

말을 들을 때는 언제나 상대방의 눈을 보아야 한다.
마음으로부터 나오는 말이 있고, 혀끝으로 나오는 말도 있다.
마음으로부터 짓는 표정이 있고 겉으로 보여주는 표정도 있다.
말의 내용보다 시선, 제스처, 억양, 표정에 내면적 정보가 있다.
상대방의 마음속을 읽으려면 귀보다도 눈에 의지해라.

해바라기. 1889. 암스테르담.
반 고흐 미술관

긍정

마음이란 밭 속에는 많은 씨앗이 있다.
기쁨, 사랑, 즐거움 같은 긍정적인 씨앗이 있는가 하면
짜증, 우울, 절망 같은 부정적인 씨앗도 있다.
'긍정적이냐', '부정적이냐'를 선택함에 따라 인생이 달라진다.

긍정적 사고는 삶에 의욕과 활기를 불어넣는 삶의 추진기이지만
부정적 사고는 삶의 폭과 속도를 감소시키는 삶의 제동기이다.
긍정적 사고는 주어진 상황을 황금빛으로 물들이는 태양과 같아서
힘든 일을 즐거운 마음으로 하게 한다.
부정적 사고는 삶의 에너지를 빨아들이는 흡혈귀와 같아서
마음을 딱딱하게 하여 상황에 부딪히면 고통과 갈등을 겪는다.

긍정을 심으면 긍정이 나오고 부정을 심으면 부정이 나온다.
부정적인 사람은 부정적인 근육을 단련하나
긍정적인 사람은 긍정적인 근육을 단련해서 습관으로 만든다.
매일 매일 긍정적인 상상으로 시작하는
아주 작은 습관이 비범한 인생을 열어준다.
'오늘은 왠지 큰 행운이 나에게 있을 것이다',
'나는 뭐든지 할 수 있어'라고 상상해라.
긍정적인 사고를 하는 습관이 몸에 배게 하라.

어떤 일을 대할 때 이건 안 된다고 생각하는 것과
된다고 생각하는 것 사이에는 엄청난 차이가 있다.
주어진 상황을 긍정적으로 보아야 긍정적 결과가 나온다.
일을 시작하면 잘 될 것이라고 낙관해야 잘 될 수 있다.

일의 과정에서 난관에 부딪쳤을 때 '안 해' 나 '못 해'가 아니라
'할 수 있다'는 생각이 전혀 다른 결과를 가져온다.
힘든 상황이 오더라도
잘 되기 위한 과정으로 받아들여야 결국에 성공을 안겨준다.

진정으로 긍정적인 사람은 문제를 인식해도 해결책을 찾아낸다.
어려움을 당해도 극복할 수 있다고 믿는다.
최악의 경우에도 최선의 결과를 기대한다.
불평할 상황에도 미소 짓기로 마음먹는다.

'할 수 있다' 는 긍정적 생각을 하고 해낼 수 있는 실력을 키워야 한다.
긍정적 사고와 실력을 키우고 열정을 불살라야 한다.
구름을 보면서도 구름 주변의 환한 기운을 외면하지 마라.
환경이 바뀌기를 기다리지 말고 긍정적 사고로 바꿔라.

믿음은 사람의 몸과 마음과 혼의 강력한 생명 에너지다.
믿음은 미지의 세계 속으로 들어가
다음 순간에 다가올 것이 무엇이든 기꺼이 받아들이게 해준다.
성공의 큰 적은 의심과 두려움이다.
믿음이 있으면 어떤 상황에서도 잠재적 가능성을 찾아낸다.
믿음이 있는 사람은 일을 붙잡고 늘어진다.
성공은 강하거나 빠른 사람보다 믿는 사람에게 안겨진다.
위대한 일은 믿음 없이 성취되지 않는다.

잠재의식에 따라 성공을 생각하는 사람은 성공하게 만들고,
실패를 생각하는 사람은 실패하게 만든다.
된다고 생각하면 되고, 안 된다고 생각하면 안 된다.
된다고 생각하는 사람은 될 수밖에 없는 이유를 찾는다.
안 된다고 생각하는 사람은 안 되는 이유를 열심히 찾는다.

'할 수 있다' 는 믿음을 가져야 한다.
믿음이 있으면 장애물이 오히려 디딤돌로 바뀐다.
장애물을 디딤돌 삼아 다시 일어서게 한다.
좋은 일이 생길 것이라는 믿음이 장애물을 무너뜨린다.
믿음을 가지고 두려움 없이 미지의 세계를 향해 나아가라.

복권 판매소. 1882. 암스테르담. 반 고흐 미술관

기회

그리스 시라쿠사 거리에는 '기회의 신' 이라고 이름 붙여진
이상하고 우스꽝스러운 동상이 하나 서있다.
앞머리 이마의 윗부분에만 머리가 돋아나 있고
뒷머리는 반들반들한 대머리이고 발에는 날개가 달린 모습이다.
동상 밑에는 이런 글이 적혀있다.
'앞머리가 무성한 이유는 사람들이 나를 보았을 때 쉽게 붙잡을 수
있도록 하기 위함이고 뒷머리가 대머리인 이유는 내가 지나가면
사람들이 다시는 붙잡지 못하도록 하기 위함이며 발에 날개가 달린 이유는
최대한 빨리 사라지기 위함이다. 그의 이름은 기회이다.'

'기회의 신' 이 눈앞을 지나가고 있는데도 그냥 보낼지도 모른다.
기회를 붙잡으려 했으나 놓친 채 아쉬운 눈초리로 바라볼지도 모른다.
기회가 왔음에도 주저하거나 망설이다가 놓치는 일도 많다.
한 번 놓친 기회는 다시는 오지 않을 수 있다.
기회는 열리고 닫히는 창문과 같아서 순식간에 닫혀버릴 경우가 많다.
인생에서 기회는 바로 앞에 놓여 있을 수도 있다.
지금 기회보다도 나은 기회가 나중에 찾아올 것이라고 생각하고
미적거리다가 기회를 놓쳐서는 안 된다.
기회가 왔을 때 기회의 주변에서 머뭇거리지만 말고
기회의 창문을 활짝 열고 뛰어들어라.

“인생에서 세 번의 기회가 주어진다”는 말이 있다.
기회는 직업이나 사업, 하고자 하는 일. 재능이나 능력, 교육 배경과
경험을 발휘하거나 친구나 지인을 활용하는 데에서 올 수 있다.
기회는 어렵고 힘든 일로 위장하고 나타나기도 한다.

“내게는 기회가 오지 않아”라는 말을 하지만
기회를 몰라보거나 저버리는 경우가 많다.
인생에서 기회가 적은 것이 아니다.
기회가 찾아오지만 볼 줄 아는 눈을 가지고 있지 않아
기회인 줄도 모르고 지나쳐버리는 것이다.

기회인지 판단하는 분별력을 가져야 한다.
분별력은 사안의 핵심을 꿰뚫어보는 능력으로
양식 있는 판단을 토대로 타당함, 정당함을 식별하는 실용적인 지혜이다.
분별력은 지식으로 얻을 수 있는 것은 아니며 경험으로부터 배우는 것이다.
분별력을 고양시켜라.

삶에 안전하기만을 바란다면 큰 기회는 오지 않는다.
기회가 오기만을 기다리지 말고
때로는 위험을 무릅쓰고 스스로 기회를 만들어라.

기회는 준비된 사람과 준비가 안 된 사람에게도 다가오지만,
준비가 안 된 사람에게는 기회가 오더라도 잡는 것이 불가능하다.
기회를 감당할 능력이 없기에 안타까움만 더해 질뿐이다.
준비가 안 된 상황에서 기회가 오는 것은 오히려 불행이다.
기회를 잡으려면 붙잡을 준비가 되어 있어야 한다.
준비와 기회가 만나서 행운을 만드는 것이다.

성공한 사람을 보고 운이 좋아서 기회를 잡았다고 치부해 버리는 것은
그 사람이 기회를 잡기 위한 땀과 노력을 간과하는 것이다.
기회가 다가왔을 때 준비가 되어 있는 사람만이
기회라는 행운을 활용할 수 있다.
성공은 기회를 잘 포착하여 재능을 발휘했기 때문이다.

기회를 접했을 때는 가능한 빨리 시도하되 서두르지는 마라.
기회가 목표를 이루는 데 도움을 주는 것인지 수시로 확인해라.

눈 내린 땅을 파는 두 여성 농부, 1890, 스위스 취리히, 에밀 뷔를르 미술관

끈기

끈기는 인격의 기초를 닦는 데 중요한 요소이며 중심적인 힘이다.
끈기는 지루하고 고된 일을 참고 견뎌내게 해주며,
인생의 여정에서 한 단계 한 단계 앞으로 나아가게 해준다.
끈기는 성공의 비결이다.
승리는 끈기 있는 사람에게 주어지는 신의 선물이다.
낙숫물이 바위를 뚫듯이 올바른 일을 계속해 나가면 반드시 이루어진다.

끈기가 없거나 실패하는 사람이 통상적으로 하는 말은
"이 분야는 나랑 안 맞아", "아무리 노력해도 결과가 안 좋았어",
"재미가 없어"이다.
'작심삼일作心三日'을 해서는 안 된다.
어려움에 처했을 때 포기할 이유를 찾는 건 너무나 쉽다.

끈기는 삶에 진정한 향기를 불어넣는 희망의 기반이다.
무수한 장애를 헤쳐 나가는 것은 인간정신의 위대한 성취이다.
끈기는 어려운 일을 수행하게 하며 장애를 헤쳐 나가게 한다.
'스톱'이라는 버튼을 누르지 마라.
끈기를 가지고 꾸준히 추진해라.

신은 인간을 채찍으로 길들이지 않고 시간으로 길들인다.
산다는 건 시간을 기다리고 견디는 일이다.
기다림의 순리를 따라야 한다.
반개한 꽃봉오리를 억지로 피우려고
화덕을 들이대고 손으로 벌려도 소용이 없다.
때를 기다려야 마침내 만개한 꽃봉오리를 볼 수 있다.
기다림 끝에 계절이 오고 감춰진 것을 무르익게 한다.
꽃이 저마다 피는 계절이 있듯이 인생도 활짝 피는 때가 있다.
인생을 너무 조급해하지 마라.

수확을 하려면 씨를 심고 희망을 가지고 기다려야 한다.
기다릴 만한 가치가 있는 좋은 열매는 천천히 익는 법이다.
준비하고 노력하면서 자신이 활짝 필 날을 기다려야 한다.
인생은 기다리고 또 기다리는 일이다.
기다리는 것도 일이다.
일이란 꼭 눈에 띄게 움직이는 것만이 아니다.
위대한 업적은 단번에 성취할 수 있는 것이 아니다.
최상의 진보는 늦은 속도로 진행된다.
기다릴 줄 아는 것은 위대한 성공의 비결이다.
기다리는 마음과 힘이 기적과 신화를 창조한다.

인내는 정신의 숨겨진 보배다.
참고 견디는 힘이 없다면 인생의 승리자가 될 수 없다.
안 된다고 생각해 포기하지 않고 시도하는 사람이 승리자이다.
성공이란 남들이 끈을 놓아버린 뒤에도
계속 매달려 있는 사람에게 돌아가는 대가다.

인내하는 사람은 중도 포기나 우유부단이 없이 이룰 때까지 한다.
안 된다고 좌절하는 것이 아니라 방법을 달리한다.
방법을 달리해도 안 될 때는 원인을 분석한다.
분석해도 안 될 때는 연구한다.
실패는 실패할 때 끝나는 것이 아니라 포기할 때 끝나는 것이다.
중도 포기할 만큼 힘든 상황에서 조금만 더 버텨라.
대부분의 실패는 스스로 한계라고 느끼고 포기했을 때 찾아온다.
스스로 한계를 만들지 마라.
마음의 관념인 한계를 지나면 쉬워질 수도, 성사될 수도 있다.
마지막이라고 느껴질 때 인내를 발휘해라.

인내는 불가능함을 가능하게, 가능함을 유망하게,
유망함을 확실하게 만든다.
인내를 가지고 원하는 목표를 향해 노력을 계속해라.

땅을 파는 두 사람. 1890. 미국. 디트로이트 미술관

노력

높은 산을 오르려면 한 걸음 한 걸음이 중요하다.
낮은 언덕을 지나고 골짜기의 좁은 길을 통과해야 한다.
언덕이나 골짜기를 걷지 않고 봉우리에 도달할 순 없다.
수만 수십만 걸음을 옮겨놓아야 비로소 목적지에 도달한다.

십리도 한 걸음씩이고 천리도 한 걸음씩이다.
인생은 한 걸음 한 걸음 걸어가는 속에 있다.
사람은 누구나 한 번에 한 걸음씩만 내 딛을 수 있다.
인생행로는 한 발 한 발 걸어가며 발전하는 것이다.
꾸준함을 이길 그 어떤 재주도 없다.
한 걸음 한 걸음이 모여 목표를 이루게 된다.

인생은 속도가 아니라 방향이다.
방향을 잘 정하고 꾸준히 가면 이루어진다.
끊임없이 노력하고 분발해야 하는 것이 인생이다.
성공한 사람은 단번에 자신의 위치에 뛰어 오른 것이 아니다.
다른 사람들이 밤에 단잠을 잘 적에 일어나서
괴로움을 이기고 일에 몰두했던 것이다.
탁월한 기량과 명성은 저절로 쌓이는 것이 아니다.
오늘 먼저 한 걸음을 내딛어라.

바람과 파도가 유능한 항해사의 편이듯
행운의 여신은 노력하는 사람 곁에 서 있다.
태평하게 행운의 여신이 찾아오기만을 기다려서는 안 된다.
대담하게 앞으로 나가서 노력해야 한다.
자질과 용기의 나래를 타고 행운의 여신에게 계속 날아가
은총을 얻는 것이 성공에 이르는 지름길이다.

노력의 질과 양은 성공과 행복의 수준을 결정한다.
성공한 사람에 대하여 운이 좋았다고 말하지만
운은 우연이 아닌 노력의 필연적 결과다.
노력의 절대량이 많아질수록 운은 좋아지게 마련이다.
운과 성공은 기회를 붙잡는 능력을 연마하고 있는 사람에게 오는 필연이다.
기회는 준비한 자에게 찾아옴을 명심해라.

노력의 효과는 언젠가는 어떠한 형식으로든지 거두어진다.
노력하지 않고서는 인생에서 결실을 맺을 수 없다.
노력하지 않는 인생을 수치스럽게 생각해야 한다.
정신을 바짝 차리고 꾸준히 노력해야 한다.
재능이 있지만 노력이 부족하면 재능이 꽃피지 못한다.
인생은 전속력으로 달리는 사람에게 아름다운 보상을 해준다.

삶은 땀을 먹고 자란다.
수확의 기쁨은 흘린 땀에 정비례하듯이
노력의 결과로 얻어지는 성과의 기쁨 없이는 참된 행복을 누릴 수 없다.
떨어지는 물방울이 돌에 구멍을 내듯이 성취는 노력을 사랑한다.

노력과 반복은 실로 무서운 것이다.
노력과 반복은 재미가 없고 피로를 야기하지만 전문가를 만들어낸다.
달인이 되는 비결은 꾸준하게 반복하는 것이다.
계획된 반복적인 노력을 꾸준히 한다면 차별화된 존재가 될 수 있다.

노력은 성공의 또 다른 이름이다.
인생을 살아가는 데 천재적인 재능이 필요한 것이 아니다.
천재적인 사람도 성공을 거두려면 부단한 노력이 있어야 한다.
천재를 만드는 것은 1%는 영감이요, 99%는 땀이란 말이 있다.
천재는 열심히 노력한 결과로 탄생한 것이다.

진정한 천재는 노력이라는 평범한 자질을 높이 사면서
무조건 열심히만 하는 것이 아니라 효율적인 노력을 기울인다.
유익한 일에 시간을 쓰고 필요 없는 행동을 하지 않는다.
현명하게 창의적으로 노력하여 성과를 창출해라.

아를의 무도회장. 1888. 파리. 오르세 미술관

놀이

놀이는 어린 시절의 소일거리가 아니라
일평생동안 즐겨야 할 자연스런 인간의 본능이다.
인간은 세상에 태어나면서 놀이를 접하게 되며
일생을 마감하는 순간까지도 끊임없이 놀이를 한다.
놀이를 통해 즐거움과 만족감을 느끼고
보다 좋아하는 놀이를 추구하면서 확장된 놀이 활동으로 나아간다.

놀이는 삶을 충만하게 하는 도우미다.
논다는 것은 인생에 흥취를 더해 주는 것이다.
놀이는 삶을 더 의미 있고 즐겁게 만든다.
생활에 활기가 넘치게 하고 인간관계를 돈독하게 만들어준다.
놀이를 통해 타인과 더 친밀한 관계로 발전할 수 있다.

놀이는 삶의 균형을 잡아주며 정신을 맑게 해주어
병이 끼어들 여지가 없도록 하는 데 도움을 준다.
피로를 풀고 스트레스를 해소하여
기분 전환과 생활 의욕을 높이는 데 효용이 높다.
건강을 지키기 위해 평소 다양한 놀이를 해라.

인간은 놀이를 할 때에 가장 인간적이다.
많은 사람이 놀이를 갈망하면서도 성공 사다리를 올라타기 위해
놀이를 통한 즐거움을 느끼는 법을 잊은 채 살아가고 있다.
일만 열심히 하는 것은 삶을 균형 잃은 지루한 것으로 만든다.
일하는 법도 알고 노는 법도 알아야 한다.
삶을 너무 심각하게 살지 말고 삶에 순수한 놀이의 시간을 끌어들여라.

일에 몰두하여 일에서 기쁨을 느낄 수 있는 사람만이
놀이에서도 기쁨을 느낄 수가 있다.
일에 몰두하는 사람은 놀이에도 몰두한다.
일할 때와 마찬가지로 놀 때에도 빈둥빈둥하면 안 된다.
놀 때는 노는 데 온 정신을 집중시켜야 한다.
즐거운 듯이 보이는 놀이가 아니라 즐거워하는 놀이를 해야 한다.
자신의 놀이를 찾아내어 맘껏 즐겨라.

놀이를 할 때는 어린아이가 되어야 한다.
어린아이는 놀이를 통해 무엇인가를 달성하려고 하지 않는다.
놀이를 놀이로 즐길 뿐이다.
놀이에서 목적을 추구하면 놀이 자체의 즐거움조차 잃는다.
놀이를 할 때 무엇인가를 달성하겠다는 생각을 버려라.

뱃놀이. 1890. 미국. 디트로이트 미술관

상 마리의 어선들. 1888. 암스테르담. 반 고흐 미술관

도전

배를 만든 이유는 항구에 정박하기 위해서가 아니라
험난한 파도를 뚫고 항해하기 위해서다.
인생을 항해하면서 위험을 감수하고 대해로 나아가야 한다.
항구를 장식하는 배가 되지 말고 거친 파도를 헤쳐 나아가라.

꿈이 없는 사람은 살아 있어도 죽은 사람이나 마찬가지다.
도전과 모험에 따르는 위험과 두려움을 회피하려 한다면
의미 있고 보람찬 삶을 회피하는 것이다.
인생은 도전의 연속이다. 끝없이 도전하는 것이 인생이다.
인간은 어느 단계에 이르면 만족하여 안주하려는 속성을 지니지만
운명이 자꾸 변하면서 도전장을 자꾸 내민다.
한 단계에 이르면 다음 단계로 올라가기 위해 도전하라고 한다.
죽는 순간까지 인간은 도전하면서 살아가야 한다.

인생의 승자가 가지고 있는 특성은 도전 정신이다.
장애물이나 벽을 만나면 사명감에 불타 가슴이 더욱 뛴다.
도전하는 과정에서 꿈을 접는 나약함을 보이지 마라.
한번 놓친 기회는 다시는 오지 않을 수 있다.
시도해 보고자 하는 일이 있다면
주저하거나 망설이지 말고 가슴이 시키는 일에 도전해라.

인생을 쉽게 보내고 싶은가?
그렇다면 무리들이 하는 것을 따라하면서
자신이라는 존재를 잊고 살아가면 된다.
결과는 수동적인 사람, 특징 없는 삶,
나만의 차별화된 목표가 없어 경쟁력 부재로 귀결된다.
남들이 가지 않은 길을 가고자 하는 사람은 드물다.
무리에서 벗어나서 과감하게 나만의 길을 가야만
진정으로 빛나는 인생을 살아갈 수 있다.

남들이 하지 않은 일에 처음 도전하는 것은 무모해 보이지만
처음부터 무모해 보이지 않는 일에는 커다란 성공이 없다.
쉽고 편한 것, 해왔던 것에만 머물면 독이 되고 쇠사슬이 된다.
낯선 걸 거부하는 사람은 힘을 키우지 못하고 큰 것을 이룰 수 없다.
안전한 길만이 인생의 베스트가 아니다.
'모험' 이라는 예측할 수 없는 길을 가다보면 '보물' 을 발견할 수 있다.
모험을 감수하고 도전하는 것이 큰 성공의 첫걸음이다.

늘 다니던 길을 벗어나 숲속으로 몸을 던져라.
전에 보지 못한 무언가를 발견하게 될 것이다.
익숙한 과거, 안전지대로부터 탈출하여 도전지대로 향해라.

실패를 방지하는 데 초점을 맞추면
안전을 추구하는 신중함이 정체와 쇠퇴를 불러올 수 있다.
때로는 신중함보다는 과감함을 선택해야 한다.
새로운 성공을 창조하는 데 초점을 맞추어 과감함을 선택해야 한다.
실패할 수 있다고 생각하고 도전하고 또 도전하여 끝장을 보아야 한다.

'도전 과제 '가 삶을 영위하게 하는 힘이다.
아무 일도 하지 않으면 아무 것도 이루지 못한다.
가슴 뛰는 삶은 쉽게 이룰 수 없는 그 무엇을 좇는 삶이다.
쉽게 달성할 수 없는 목표야말로
도전 정신을 유발하고 에너지를 불러일으키는 촉매이다.

목표에 도전했다가 실패하더라도 배우고 느끼는 것이 있다.
손쉬운 작은 성공보다는 훨씬 가치가 있다.
실패의 최대 보증수표는 처음부터 지나치게 실패를 걱정하는 태도다.
시도 끝에 실패한 것은 용납되어야 하지만
시도조차 하지 않는 것은 스스로 용납해서는 안 된다.

인생은 늘 위험으로 가득 차 있다.
세상에서 가장 위험한 일은 위험을 전혀 감수하려 하지 않는 것이다.
위험으로부터 등을 돌리고 달아나려하면 위험은 배로 늘어난다.
당황하지 않고 정면 돌파한다면 위험은 절반으로 줄어든다.
위험으로부터 달아나려 하지 마라.

위험 속에는 도전과 기회가 가득 차 있다.
위험을 감수해야 성취할 수 있다.
위험은 도전의 의미를 부여하며 살아있음을 근본적으로 느끼게 한다.
위험에 떳떳하게 맞서서 도전하는 사람에게 하늘은 길을 열어준다.
꿈을 이루기 위해 위험을 감수해라.

자신의 현 위치를 처한 환경 탓으로 돌리고 도전하지 않으면 안 된다.
환경을 탓하면 소극적으로 변하게 되고 자신감을 잃게 된다.
성공한 사람은 자신이 처한 환경에도 불구하고
과감하게 도전에 나서서 원하는 환경을 만든 사람이다.
환경 탓을 한다는 것은 스스로 실패 가능성을 높이는 것이나 다름없다.
환경을 탓하거나 바뀌기를 기다리지 말고
주어진 환경을 받아들이면서 대처해라.
환경에 굴복하지 않고 환경 자체를 유리하게 변화시켜라.

산. 1889. 오테를로. 크롤러 뮐러 미술관

책을 읽는 기누 부인. 1888. 뉴욕. 메트로폴리탄 미술관

독서

독서는 지식과 지혜의 원천이다.
책 한권 한권에 지식이 있고 지혜가 있고 재미가 있고,
휴식이 있고 용기가 있으며
참된 것과 착한 것과 아름다운 것을 안내하고 이끌어간다.
'이쪽' 세계에만 머물면 시야가 좁아진다.
'저쪽' 세계로 나아가야 생각과 삶이 풍요로워진다.
책은 '이쪽' 세계에서 '저쪽' 세계로 통하는 길을 제시한다.

독서는 두뇌의 체조로 집중과 머리의 유연성을 유지 발전시킨다.
고독하거나 힘들 때 마음에 위안과 평화와 용기를 가져다주어
인생을 견디도록 가르쳐준다.
책은 진실하고 고차원적인 친구이며 좋은 자극제다.
깊은 인상을 남긴 책은 인생에 새로운 전기를 마련한다.

책을 읽다보면 번쩍하는 순간이 찾아온다.
한 줄의 문장이 인생을 바꾸고 한 권의 책이 운명까지 바꾸어 놓는다.
책은 지쳐서 길을 잃고 방황하는 삶에 에너지를 선사하고 길을 안내하고,
마음에 불을 지피고, 노력을 쏟도록 이끌고 열정을 북돋워
인생을 송두리째 바꾸어 놓을 수도 있다.
멋진 인생의 여행은 독서와 함께 해라.

좋은 책은 과거와 현재, 시공을 뛰어넘어
훌륭한 인물들을 만나게 해주는 최상의 도구다.
훌륭한 인물들은 죽어도 책속에 담긴 정신은 결코 사라지지 않는다.
책은 살아 있는 목소리이며 걸어 다니는 정신이다.

좋은 책을 읽는 것은 인생의 중대한 출발점이다.
인생을 담고 있는 최고의 상자이며
삶을 살아가며 떠올릴 수 있는 생각들이 담겨있다.
좋은 책은 사고와 포부를 키워주어 성숙하게 마음을 지니게 한다.
선과 정직과 진실을 가르쳐
나쁜 벗과 어울리는 것을 막아주는 울타리 역할을 한다.
좋은 책을 독서함으로써 인생에서 '조난' 당하지 마라.

하루에 식사를 네 번 해라.
세 번은 밥을 먹고, 한 번의 식사는 활자로 하라는 말이다.
하루에 30분을 읽는 데 할애하는 습관의 누적 효과는 매우 크다.
독서를 통해 생각의 근육을 키워야 한다.
몸 근육은 일시적이지만 생각의 근육은 영원하다.
품위 있는 사람이 되려면 몸만이 아니라
다독으로 무장하여 사려 깊은 사람이 돼라.

지식이 넓고 많아야 고액의 수입을 올릴 수 있다. 기본 방법이 독서다.
책은 세상의 정보와 지식들을 알려준다.
책을 읽지 않으면 정확하고 깊이 있는 정보와 지식을 얻어내기가 어렵다.
미디어를 통해 단편적으로 얻은 정보와 지식은 편협할 수 있으며,
확대 해석하는 오류를 범할 수도 있다.
넓은 시야를 가지고 다양한 측면들을 알기 위해서는 독서가 필수적이다.

책을 통해 어떻게 사고하고,
어떻게 문제를 풀 것인지에 대한 시각을 얻어야 한다.
인간과 지식에 대한 근원적이고 보편적인 통찰과 호기심,
상상력을 자극받아야 한다.
감수성을 일깨우고 사고와 태도에 변화를 줄 수 있는 책을 읽어야 한다.

다양한 분야의 책들을 깊이 있게 읽어야 한다.
책이 가르치고 있는 것에만 얽매이지 말고 재해석할 수 있어야 한다.

책은 장식품이 아니다.
책은 꽂아두기 위한 것이 아니라 읽기 위한 것이다.
책을 사놓고 읽지 않는 우를 범해서는 안 된다.

나무 경매장. 1883. 암스테르담. 반 고흐 미술관

돈

돈은 힘의 원천이며 위력은 엄청나다.
당당하게 세상과 맞설 수 있게 해주며
남에게 부림을 당하거나 자신을 팔지 않아도 되게 해주며
편안하고 행복한 삶을 보낼 수 있게 한다.

가난을 단지 불편한 것으로만 여기지 마라.
가난은 일종의 재난이며 내리누르는 짐이다.
가난은 인간이 행복하게 되는 데 있어서 큰 적이다.
가난은 자유를 파괴하고 미덕의 실천을 어렵게 만들며
어떤 미덕은 꿈도 꾸지 못하게 만든다.
인간을 현실적으로나 도덕적으로 무기력하게 만든다.
가난하다는 것은 비참한 일이다.
고결한 수단을 모두 동원해서 가난을 피해야 한다.

가난하게 살지 않을 것이라고 결심해라.
빚을 지지 않겠다는 것을 주의사항으로 삼아라.
씀씀이를 줄여서 저축을 실행에 옮겨라.
불굴의 노력과 인내로써 자기 단련을 하여 부를 축적해라.

검약이란 검소하고 절약하는 것이다. 돈이 있지만 절제하는 것이다.
없으면서 있는 것처럼 허풍 떠는 것은 검약과 상극이다.
검약의 기본은 인색함과 궁색을 떠는 것과는 엄연히 다르다.
돈을 쓰지 않는 것이 아니라 제때, 제대로 쓰는 것이다.
검약은 자기 한도 내에서 절약하는 가운데
꼭 필요한 곳에 쓰고 저축할 줄 아는 삶의 자세다.

검약은 돈지갑의 밑바닥이 드러났을 때는 이미 늦다.
검약은 미래를 위해 현재의 욕구를 참는 능력을 의미한다.
미래는 검약으로 준비할 때 아름답다.

검약의 실천은 타고난 본능에 의한 것이 아니라
경험하고 남을 본받고 예측하는 가운데 생겨나는 것이다.
지혜롭고 생각이 깊어야 검약할 수 있다.

검약해야만 남에게 아낌없이 베풀 수 있는 여력이 생긴다.
검약은 선행의 토대이자 평화의 밑거름이다.
궁핍하면 남을 도울 수 없다.
나눠주기 위해선 여유가 있어야 한다.

인간의 품성은 돈을 어떻게 쓰느냐에 잘 나타난다.
관대함, 자비심, 공정함, 정직함, 준비성은 돈을 잘 쓰는 결과이다.
반대로 탐욕, 인색함, 무절제, 방탕함은 돈을 잘못 쓰는 데서 비롯된다.
돈을 올바로 사용할 수 있는 능력은 훌륭한 자질이다.
돈을 벌고, 쓰고, 저축하고, 남과 주고받고, 빌려주거나 빌리고
후손에게 물려주는 기준과 방식을 올바르게 확립해라.

돈은 삶의 영양소이자 윤활유이지만 탐닉하면
탐욕, 사기, 부정과 같은 악습이 나타난다.
돈이 삶의 목적이 되면 노예처럼 돈에 종속된다.
너그러운 삶과 행실을 갖지 못하고 돈을 쫓아다니게 된다.
지금까지 돈을 벌기 위해 삶에서 돈으로 살 수 없는
귀중한 어떤 것을 잃어버리지 않았는지 성찰해 보라.
돈을 우상으로 받들지 않고 유용한 수단으로 생각해야 한다.
지나친 절약이나 저축에 매달리는 습관이 배지 않도록 해라.

돈은 짠 바닷물과 같아서 마시면 마실수록 목이 마른 것처럼
돈을 가지면 가질수록 더욱 돈을 갈구하게 된다.
지나친 절약이나 저축이 탐욕으로 변할 수도 있다.
돈에 종속되거나 노예가 되지 않으려면 가진 돈에 자족해라.

풀베기. 1881. 오테를로. 크롤러 뮐러 미술관

디테일

커다란 강둑도 바늘구멍 하나로 무너진다.
벽돌 한 장이 부족하여 공든 탑이 무너진다.
디테일에 관한 방정식은, 100-1은 99가 아니고 0이다.
1%의 실수가 100% 실패를 부른다.
디테일의 위력은 일의 성공 여부에 결정적이다.
작은 일을 무겁게 생각해야 한다.
작은 일을 소홀히 취급하는 바람에 큰일을 그르치게 되는 것이 다반사다.
큰일에는 진지하게 대하지만
작은 일에는 소홀히 하는 것에서 몰락은 시작된다.
어려운 일은 쉬운 데서 시작하고 큰일은 미세한 데서 일어난다.
세부적인 사항에 집착하고 작은 일을 꼼꼼히 챙겨라.

호랑이는 토끼 한 마리를 잡을 때에도 전심전력을 다한다.
쉬운 일도 어려움이 있고, 못할 일도 최선을 다하면 이루어진다.
쉬운 일을 할 때는 자신감이 부주의를 낳지 않게 하고,
어려운 일을 할 때는 소심함이 용기를 꺾지 않게 해라.
쉽다고 얕보지 말며, 어렵다고 팔짱만 끼고 있지 마라.
쉬운 일에는 신중하고 어려운 일은 지레 겁먹지 마라.
물건도 무겁게 여기고 들면 가볍고, 가볍게 여기고 들면 무겁다.
쉬운 일은 어려운 것처럼, 어려운 일은 쉬운 것처럼 해라.

작은 빗방울이 모여 내를 이루고 강을 이루고 대해를 이룬다.
성공이란 수많은 작은 일들이 모여 이루어진다.
작은 일을 이루지 못하면 큰일도 이루어지지 않는다.
작은 일을 놓치면 큰일도 잃게 되며, 성공의 길은 멀어진다.

성공한 사람은 작은 일에 엄청난 노력을 기울여온 사람이다.
작은 일이 쌓이고 쌓여서 큰 일이 되는 체험을 해온 사람이다.
작은 일을 어떤 자세로 하느냐에 따라 사람의 가치가 결정된다.
작은 일에 성실한 사람은 큰일에도 성실하고,
작은 일을 소홀히 하는 사람은 큰일에도 소홀히 한다.

고갯마루보다는 넓은 대로에서 방심하다가 다리가 부러진다.
진정한 등반가는 산을 무서워하는 사람이다.
조그마한 부주의, 사소한 방심, 몸에 밴 타성을 경계해라.

마지막 마무리가 중요하다.
모든 것을 다했다고 느껴질 때 한 번 더 챙겨보겠다는 결심을 해라.
마무리에서 승패가 좌우됨을 명심하고 한 번 더 챙겨라.

대패질을 제대로 하려면 대팻날을 잘 갈아야 한다.
갈지 않고 대패질을 하면 나무를 반듯하게 깎을 수 없다.
장작을 패는 데 쓸 수 있는 시간이 8시간이라면,
그중 6시간 동안 도끼날을 날카롭게 세워라.

15:4의 법칙이 있다.
시작하기 전에 15분 동안 무엇을 할 것인지 생각하면,
나중에 4시간을 절약할 수 있다.
성공하는 사람은 먼저 큰 그림을 그리는 반면,
실패하는 사람은 생각 없이 바로 일에 착수한다.
준비를 하여 체계적으로 일을 하는 사람은
생각 없이 일을 하는 사람보다 성공할 가능성이 훨씬 높다.
준비 없이는 최선을 다할 수 없고
최선을 다하지 않고서는 좋은 결과를 기대할 수 없다.
준비를 철저히 하여 일에 임해라.

큰일은 충분히 준비를 하지만 작은 일은 무작정 달려든다.
아무리 쉬운 일도 철저히 준비하여 최선을 다해야 한다.
무적이었던 아킬레우스도 출전할 때는 완전 무장하였다.
전장과 다름없는 인생에서 항상 완전무장하고 최선을 다해라.

육군 대위 밀레 초상, 1888, 오테를로, 크롤러 뮐러 미술관

리더십

프랑스 철학자 몽테뉴가 인디안 추장을 만났을 때
"추장님, 당신의 특권은 무엇입니까?"라고 묻자
"전쟁이 일어났을 때 맨 앞에 서는 것이지요"라고 답했다.

일본의 대장성은 엘리트 관료 집단의 본산이다.
대장성 장관에 다나카가 취임하자 노골적인 불만이 표출되었다.
다나카는 취임사에서 "여러분은 천하가 알아주는 수재들이고,
나는 초등학교 밖에 나오지 못한 사람입니다.
더구나 대장성 일에 대해서는 깜깜합니다.
대장성 일은 여러분들이 하십시오.
나는 책임만 지겠습니다"라는 한마디로 우려와 불만을 일거에 해소했다.
나중에 다나카는 일본의 수상이 되었다.

리더가 스스로 솔선하지 않으면 부하들을 현명하게 통솔할 수 없다.
리더가 되는 데 '솔선' 보다 적정한 좌우명은 없다.
리더가 솔선하면 가만히 서 있던 사람들도 따르게 되어 있다.
리더는 권한보다는 책임이 더 큰 것을 알고 실천하는 사람이다.
권한을 행사하기보다는 솔선수범하고 책임지는 자세를 취해야 한다.
해 보이고, 들려주고, 시키고, 책임져야 한다.

유명한 미국 메이저리그 감독은
“관리란 비둘기를 손으로 잡고 있는 것만큼이나 아슬아슬하다.
지나치게 꽉 잡으면 새는 죽을 것이고,
너무 살살 잡으면 새는 날아갈 것이다”라고 말했다.

유명한 오케스트라 지휘자는
“지휘자는 자기는 정작 아무 소리도 내지 않는다.
연주자들이 소리를 잘 내게 하는가에 따라 능력을 평가받는다.
재능을 깨워서 꽃피게 해주는 것이 리더십이다”라고 말했다.

리더는 자기가 한일로 평가받지 않고 구성원들이 하는 일로 평가받는다.
구성원에게 책임과 권한을 위양하고,
성장과 성공을 일구도록 코칭 해야 한다.
책임을 맡기고 신뢰감을 주면서 구성원을 성장시켜야 한다.

모두를 만족시키려고 노력하면 어느 누구도 만족시킬 수 없다.
리더는 현명하게 욕먹을 줄 알아야
존경과 신뢰를 얻으면서 성과를 창출할 수 있다.

리더십은 인격과 성품, 도덕성에 기초해야 한다.
책임감과 솔선수범, 정직과 성실, 절제, 포용력 등
인격과 도덕성에 기초하여 발현되어야 한다.
인격이나 도덕성 중에서 하나만 무너져도
리더십은 흔적도 없이 사라져버림을 명심하고 자기 절제를 해야 한다.

구성원은 완벽한 사람보다 약간 빈틈이 있는 사람을 더 좋아한다.
리더는 때로는 자신의 부족한 점이나 약점을 과감히 드러내라.
그래야 인간적인 매력과 동질성을 느끼면서 접근하기가 쉬워진다.

의사결정을 할 때에 때로는 "나는 잘 모른다"고 말해라.
나는 모른다는 자세로 계속해서 질문을 던져라.
시간이 지날수록 구성원 스스로 문제를 정확히 파악하게 되고,
적합한 의사결정, 나아가 훌륭한 결정이 나올 수 있다.

부하는 리더가 어떻게 기대하는가에 따라 달라진다.
비판적이고 깔보는 이름표를 달아주고 부정적으로 기대하면
부정적인 행동과 반응을 촉발하게 된다.
긍정적인 이름표를 달아주면 긍정적인 행동과 반응을 촉발한다,
긍정적인 모습을 부각시키는 이름표를 붙여줘라.

브레튼 여성들. 1888. 이태리. 밀라노 공립 미술관

말

입속의 혀는 도끼다. 잘 쓰면 도구이지만 잘 못 쓰면 흉기다.
시퍼렇게 날이 선 도끼와 같은 혀를 정말 잘 써야 한다.
혀는 어떻게 사용하느냐에 따라 약이 될 수도 있고 독이 될 수도 있다.
말을 어떻게 하느냐에 따라 천 냥 빚을 갚을 수도 있고,
남에게 미움을 받을 수도 있다.
말 한마디가 상대방의 마음에 불을 지필 수도 있고 비수가 될 수도 있다.
지혜로운 말은 마음을 통합시키고 용기를 갖게 하지만
잘못된 말은 분노와 불신을 불러일으켜 절망에 빠뜨린다.

사람의 혀는 야수와 같아서 고삐가 풀리면 묶어두기가 어렵다.
사람은 혀 때문에 죽는다.
칼에 찔린 상처는 쉽게 나아도 말에 찔린 상처는 낫기가 어렵다.
말 한마디 때문에 일순간에 나락으로 떨어진다.
아무리 사소한 말도 가장 중요한 말을 하는 것처럼 신중하게 해라.

원래 귀는 닫도록 만들어지지 않았지만 입은 닫을 수 있게 되어 있다.
입에는 문이 달려 있는 것이 좋다.
현명한 사람의 입은 마음에 있어 생각을 마음에 감추지만
어리석은 사람의 마음은 입에 있어 생각을 무심코 내뱉는다.
불쑥 말해 버리는 사람은 여무는 것이 없어 내면은 비어있다.

한 마디 더 말할 시간은 있어도 취소할 시간은 쉽게 오지 않는다.
내뱉은 말을 다시 주워 담을 수 없어서
평생 계속될 수치가 한 순간에 마련되기도 한다.
말을 너무 적게 해서가 아니라 너무 많이 해서 후회한다.
말을 자제하지 못하면 최악의 상황이 벌어진다.
때로는 침묵이 가장 좋은 대답이 될 수도 있다.
아무 말할 필요가 없을 때에는 입을 다물어라.

마땅히 말해야 할 때에는 말해야 하며 말하지 않으면 전진할 수 없다.
말을 해야 할 때는 겸손하고 부드럽게 해야 수긍하게 만든다.
주장해야 할 때는 한 마디 한 마디에 힘을 줘라.
분명하게 말해야 상대방에게 확신을 줄 수 있다.
흥분하지는 말고 요령 있게 해라.

잘못을 지적할 때는 단도직입적이 아니라 에둘러 하라.
결점만을 열거해서는 안 되며 장점도 말해 주어야 한다.
5퍼센트의 잘못이 있어도 3~4퍼센트만 지적해라.
상대방의 기분을 거스르지 않도록 신경을 써야 한다.
지나치게 엄격해서는 안 되며 부드러운 말씨를 써야 한다.
오랫동안 장황하게 말하거나 말을 되풀이해서는 안 된다.

말은 행복의 문을 여는 중요한 열쇠다.
말은 생각을 형성하고 생각은 행동을 결정하며 인생을 만들어 간다.
성공한 사람은 긍정적이고 적극적인 말을 한다.
행복한 인생을 실현하기 위해서는 긍정적인 언어를 사용해라.

두뇌는 자신이 말한 언어를 의식 속에 넣어 인생에 반영시킨다.
긍정적이고, 성취를 다짐하는 말을 많이 하면 성공하는 사람이 되고,
부정적인 말을 많이 하면 실패하는 사람이 된다.
'할 수 있다' 라고 말하면 뇌는 해답을 찾기 위해 분주하게 움직이지만
'할 수 없다' 라고 말하면 안 되는 이유들이 머릿속을 지배하게 된다.
결국 '할 수 있다' 는 말이 성공을 가져온다.

긍정적이 되고 싶다면,
어떤 말을 하느냐에 사고가 형성되고 행동하게 되고 인생이 된다.
부정적인 말투를 긍정적인 말투로 바꾸지 않고서는
부정적인 사고방식에서 긍정적인 사고방식으로 변하기 어렵다.
성공하고 싶다면 '할 수 있다' 는 긍정의 말을 입에 달고 살아라.

에덴동산의 추억. 1888. 상트페테르부르크. 헤르미타지 미술관

망각

망각은 거울에서 먼지를 말끔히 털어내는 것과 같으며
무의 티끌 속에 모든 것을 묻어버린다.
망각이라는 인생의 아름다운 지우개로
죽은 과거와 상처와 허물을 지우면 사랑과 희망의 싹이 다시 돋아난다.
자신이 원하는 내용으로 인생이라는 칠판을 채워나가야 한다.
칠판을 지난날의 짐으로 채워 넣었다면 깨끗이 지워라.

인생의 여정에서 과거에 집착하는 한 새로운 것이 들어설 자리는 없다.
지나간 과거가 앞으로 갈 길의 반면교사는 되겠지만,
과거에 매달려 있는 한 내일을 향한 추진력을 얻을 수 없다.
과거의 어느 것도 바꿀 수는 없다.
과거는 다시 오지 않으며 기억해 낼 때만 존재하는 것이다.
과거가 현재를 가두는 감옥이어서는 안 된다.

자신을 과거에서 놓아주라.
놓아줌은 자신의 인생에 자유를 주는 것이다.
과거를 '좋은 기억'과 '나쁜 기억'으로 나누지 말고
어떤 일이 있었던지 다 놓아버려라.
과거를 훌훌 털어버리고 항상 새로운 마음으로 살아가야 한다.
묵은 수렁에 갇혀 새날을 등지지 마라.
지나간 일을 던져버려라.

마음속으로 과거의 어두운 면을 바라보면서 계속 곱씹는 것은
앞으로도 비슷한 불행과 실망이 찾아와달라고 기도하는 것이다.
과거를 돌아보며 지난날의 어려움에 집중하면,
지금 자신에게 어려움이 더 많이 찾아오게 될 뿐이다.
'지금 뭘 하려고 하며 할 수 있는가?' 에 집중해야 원하는 일이 다가온다.

원하는 것에 의도적으로 집중하고 좋은 감정을 발산해라.
과거의 실수나 잘못에 발목이 잡혀서는 안 된다.
과거를 붙잡고 과거에 얽매여 상처받고 아프지 마라.
비우고 버려라.
기쁨을 주는 일을 찾아 나아가라.

가장 빨리 잊어야 할 일을 가장 잘 기억한다.
기억은 필요로 할 때 버리고, 필요치 않을 때에 달려온다.
기억은 고통에는 자상함을 보이며 기쁨에는 태만하다.
받은 상처와 남의 허물은 기억하지만 받은 도움은 잊어버린다.
잘못을 시정하기 위해, 실패를 되풀이하지 않기 위해,
받은 은혜에 감사하고 보답하기 위한 경우를 제외하고는
과거를 되돌아보아서는 아무런 이득도 없다.
과거를 그리워하거나 원망하지 말고 잊어라.

어제는 역사이고, 내일은 미스터리이며, 그리고 오늘은 선물이다.
그렇기에 현재Present를 선물Present이라고 말한다.
과거는 부도난 수표이며, 미래는 약속어음에 불과하다.
살아있는 바로 오늘이 현금이다.

과거에 아무리 커다란 성공을 하였든 실패를 하였든 중요하지 않다.
지나간 영광이나 후회, 오래된 죄책감, 해묵은 원망을 되씹으면
현재의 문은 열리지 않는다.
과거의 일로 후회하지 마라.

미래의 문제로 근심하지 마라.
최선을 다해서 현재를 살아가면 밝은 미래를 만들 수 있다.
과거는 현재로부터 기인하고 미래도 현재로부터 비롯된다.
항상 현실에 중심을 두고 미래를 생각해야 한다.

삶이란 끊임없이 새로워지는 것이다.
최선을 다해서 현재를 살아가야 한다.
살아 있는 현재에 행동해라.
현재의 삶, 지금 이 순간의 삶에 충실해라.
빈틈없이 현재를 현명하게 이용해라.

가쉐 박사 초상, 1890, 개인 소장

멘토

현명한 사람의 조언은 메마른 땅에 내리는 빗방울과 같다.
현명한 조언을 무시하는 사람은
비가 내리지 않은 풀잎과 같아서 곧 시들어버린다.
현명한 사람과 의논하는 것은
지혜와 지식과 경험을 빌려오는 것과 마찬가지다.
조언을 듣고 성공의 가능성을 크게 높여라.
현명한 사람의 조언에 귀 기울여라.

멘토란 삶을 안내하고 보호하며
자신이 아직 경험하지 못한 것을 체화한 사람이다.
지혜와 신뢰로 인생을 조언하고 이끌어 주는 안내자다.
삶의 목적과 방향을 이끌어주는 경험 있고 믿을 수 있는 조언자다.
삶을 풍요롭게 해주는 대부나 대모와 같다.
상상력을 고취시키고 욕망을 자극하고 기운을 북돋워준다.

멘토는 인생에서 중요한 의미를 가진다.
새로운 출발선에 서 있거나,
도전에 나서거나 어려움에 봉착하여 두려움에 떨고 있을 때,
지치고 힘들 때 자기를 이해하고 고민을 들어줄 사람이 필요하다.
인생의 갈림길에서 멘토의 조언에 따라 삶이 완전히 달라질 수 있다.

나무에 가위질을 하는 것은 나무를 사랑하기 때문이다.
무조건 부드럽게 대하는 것이 인간미라고 착각하지 마라.
인간미의 본질은 충고를 통해 아끼고 보살피는 마음이다.
충고야말로 진정한 인간미의 발로다.

충고는 자극이 필요할 때만 하는 자제력이 필요하다.
감정적 대응보다는 건설적인 대안을 제시하면
충고에 대해 감사와 존경, 그리고 개선으로 답한다.
3분을 충고하기 전에 3시간을 고민해라.

자기 자신을 반성하기는 어려워도 남에게 충고하기는 쉽다.
충고를 할 때는 이야기의 내용도 중요하지만
말하는 사람의 분위기, 표정, 몸짓, 품위, 억양 등도 중요하다.
상대방이 충고를 받아들이지 않는 것은
충고하는 방법에 잘못이 있기 때문이다.

좋은 충고가 가까운 사람의 인생에 전기를 마련해줄 수 있다.
좋은 충고는 사뭇 진지한 가르침보다는
재치 있는 말 한 마디로 더 잘 전달되기도 한다.
충고를 할 때는 방법을 염두에 두고 해라.

페르 탕기의 초상, 1887, 개인 소장

추수(밀레 모작). 1889. 미국. 로체스터대학 미술관

목표

배가 떠날 때는 가야 할 항구가 있듯이
인생에서 무엇을 할 것인가를 결정해야 한다.
목표는 가는 방향을 잃지 않게 하는 '북극성' 이다.
인생이란 낯선 곳에서 목표라는 나침반이 없다면 아무 데도 갈 수 없다.
목표가 있는 사람은 운전석에 앉아 자기 인생의 핸들을 쥔 기분을 갖는다.
자신이 원하는 방향으로 가면서 더 멀리, 더 빨리, 더 많은 것을 얻는다.
목표 없는 사람은 방향타나 나침반이 없는 배와 같아서,
바람 부는 대로 이리저리 표류한다.

목표를 가질 때 자신의 인생 방향 변화를 주도할 수 있다.
목표가 무엇인지 먼저 명확하고 구체적으로 알아야 한다.
명확한 목표가 있는 사람은 험난한 길에서조차도 앞으로 나아간다.
목표를 가지고 야망을 품어야 한다. 인생은 품어온 야망의 결과물이다.
야망이 존재이유이며 삶을 이끌어나가는 원동력이다.

목표 없이 인생이라는 달리기를 질주할 수 없다.
목표라는 채찍이 기회를 창조한다.
목표는 도전의식을 자극하여 성취를 향한 큰 발걸음을 내딛게 한다.
목표가 삶을 이끌어 잠재능력이 일깨워진다.
하고 싶거나, 되고 싶은 뚜렷한 목표를 정해라.

사람은 무엇이든 자기가 원하는 만큼 이루게 된다.
어떤 사람이 되려고 하든, 어떤 일을 하려고 하든
그 일을 가능하게 해주는 것은 바로 목적의식의 힘이다.
목표를 가지고 최선을 다할 때 성공과 행복을 이룰 수 있다.

목표가 달성될 수 있다고 믿으면 목표를 달성할 수 있다.
목표를 달성하기 전에 목표가 달성된 후의 자신의 모습을
생생하고도 구체적으로 상상해봐라.
시각화한 모습을 공상이나 백일몽으로 끝나지 않도록 구체적인 실행에
나서야 한다.

목표는 높게 잡아야 한다.
너무 높게 잡아서 달성하지 못할 것을 염려하기 보다는
너무 낮게 잡아서 거기에 만족하는 것을 염려해야 한다.

목표가 달성되고 나면 정체가 시작된다.
끊임없이 목표를 만들고 도전하지 않으면 점점 추락한다.
하나의 목표를 달성하고 나면 다음 목표를 설정해서 도전에 나서라.

계획은 목표의 전체적인 구조와 틀이다.
목표를 향한 지도이자 지침서이며 설계도다.
현재 있는 위치에서 목표로 올라가는 길을 연결하는 사다리와 같다.
계획은 어디로 가고, 무엇을 하고,
정해진 시간에 어디에 도착해 있을 것인지를 알려준다.
계획은 목표 실현을 위한 출발점이며 지름길이다.
목표를 이루기 위해 계획을 세워라.
계획은 구체적이어야 한다.
목표로 가는 각 단계마다 신중히 계획을 세워 나가라,

구체적인 계획아래 실행해야 한다.
열정을 다해 몰입해야 한다.
한 번에 한 가지 일에만 최선을 다해라.
동시에 여러 가지 일에 최선을 다하려고 하면
그 어느 것에도 최선을 다하기 어렵다.
좌절하지 않고 위험을 마다하지 않으며
힘차게 전진할 수 있는 힘이 있어야 하지만 힘만 가지고는 안 된다.
끊임없는 신념과 의지가 있어야 한다.
강한 정신이 목표를 달성하는 지름길이다.
한 눈 팔지 말고 목표를 향해 전진해라.

벨베데레 미술관 입구. 1887. 암스테르담. 반 고흐 미술관

문화

문화의 힘인 '소프트 파워Soft Power'는
경제력이나 군사력인 '하드 파워Hard Power'와 대비되는 개념이다.
현대 사회는 소프트 파워 시대다.
국가의 수준은 하드가 아닌 소프트에 좌우된다.
국민 수준도 개개인의 '소프트 마인드'에 달려 있다.
문화의 힘이 국가와 기업, 국민을 먹여 살리는 시대다.

현대 사회는 감성을 중시하는 '드림 소사이어티Dream Society'로
소프트 파워가 하드 파워에 비해 먼저 고려된다.
기술 사회에서는 기술과 제품에 디자인을 첨부하지만,
드림 소사이어티에서는 디자인을 먼저 만든 후에 기술을 적용한다.
창의적인 디자인이 상상되고 설계되면 기술력을 거기에 맞춘다.

뛰어난 아이디어와 기획은
높은 부가 가치를 가지는 상품 생산의 진정한 출발점이다.
같은 기술력을 가진 제품이라도 매혹적인 디자인이나 테마를
가지고 있느냐의 여부에 따라 부가 가치 창출에 엄청난 차이를 보인다.
경쟁력 있는 문화 콘텐츠로 주목을 받고 있는 현대 사회를 바라보라.
현대 사회와 미래 사회를 이끌어 갈 주체적이고 보편적인 코드는
소프트 파워 즉 문화의 힘이다.

예술이란 아름다움의 창조로서 미적 완성을 갈음한다.
예술은 시대를 포괄하는 종합적인 산물이며
인간의 내재된 모습을 현시적으로 표현하는 것이다.
예술은 다양한 의미로 다가오고 표현되고 형식도 다채롭다.
음악, 미술, 연극, 영화 등 다양한 매체를 통해 예술을 접하고 있으며
예술은 삶의 일부분을 차지하고 있다.

예술은 삶의 반영이다.
추상적인 개념의 예술이든 디자인이든 삶이 반영된 모습이어야 한다.
예술에 있어서 중요한 것은 수용자의 입장이다.
작가의 의도로 만들어진 작품이 수용자에게 어떻게 받아들여지고
어떤 감흥을 주느냐가 예술인지 아닌지를 판가름하는 기준이다.

대중문화는 사회의 문화적 수준을 보여주는 지표다.
일상생활과 가까운 거리에 있기 때문에 그 영향력이 막강하다.
대중문화는 쉽고 편하게 즐길 수 있는 문화다.
스트레스를 주는 일상의 고루함을 깨고
문화적 욕구를 실현시키고 표출하게 하는 분출구 역할을 한다.
대중문화는 예술과 비교하여 우열의 가치를 따질 것이 아니라
여가의 한 방법으로서 그 가치를 인정해야 한다.

피아노를 치는 가쉐 박사 딸, 1890, 스위스, 바젤 미술관

비오는 광경. 1890. 영국 웨일즈 국립 미술관

천사(렘브란트 모작). 1889. 개인 소장

베풂

떡갈나무를 심으며 그늘에서 쉬려는 희망을 품어서는 안 된다.
대가를 바라지 않고 베푸는 모습은 아름답다.
한 순간의 연출이 아니라 실천하는 사랑이기 때문이다.
생명은 생명을 싹트게 하고 사랑은 사랑의 싹을 맺는다.
대가를 바라지 않는 베풂이 마음 밭을 푸른 숲으로 만든다.

자녀가 맛있는 음식을 먹는 것을 보고 부모는 행복을 느낀다.
자식이 좋아하는 모습을 보는 것은 부모의 기쁨이다.
이 이치는 부모나 자식 사이에만 적용되는 것이 아니다.
행복한 삶을 이끌어가는 길은 다른 사람에게 베푸는 일이다.
성공이 행복의 열쇠가 아니라 행복이 성공의 열쇠다.
행복한 사람은 많은 사람을 행복하게 해준 사람이다.
행복이란 다른 사람을 행복하게 해주려고 할 때 생긴다.
행복한 사람은 어떻게 베풀 것인가를 찾아내는 사람이다.

자신의 행복과 성공을 나눌 때 행복을 누릴 자격을 얻는다.
남을 행복하게 하는 사람이 스스로의 행복을 얻을 수 있다.
남에게 어떠한 행동을 하였느냐에 따라 행복이 결정된다.
남에게 행복을 주려고 했다면 그만큼 행복이 온다.
베풂을 통해 얻는 기쁨은 결국 자신을 위한 것이다.

선한 일을 하는 사람은 봄 동산의 풀과 같다.
자라나는 것이 보이지 않으나 날로 더하는 바가 있다.
악을 행하는 사람은 칼을 가는 숫돌과 같다.
갈리어서 닳아 없어지는 것이 보이지 않아도 날로 이지러진다.

미덕에는 보답이 따르듯이 악덕에는 징벌이 따른다.
선한 자는 생명이 함께 하며 악한 자는 오래 살지 못한다.
선한 자에게는 하늘이 복을 주고 악한 자에게는 재앙을 내린다.
악한 일을 하면 화가 마르지 아니하고 복은 멀어진다.

소금 3%가 바닷물을 썩지 않게 하듯이
마음 안에 있는 3%의 선한 마음이 삶을 지탱하고 있다.
영혼에 흠이 없으면 육체도 건강하다.
선하게 사는 것이 오래 사는 방법이다.
선하게 영위된 삶은 내적으로나 외적으로 오래 지속된다.

덕은 나만의 이익과 요구보다는
남도 같이 생각하면서 공동의 가치를 추구하는 것이다.
덕은 많은 사람들을 이끌며 협력자로 만든다.
혼자만의 능력이 아닌 협력자의 질과 양이 자신의 경쟁력임을 명심해라.

자신을 타인과 별개의 존재로 여기고 있지는 않는가?
인간의 이기적인 행동은 바로 이런 시각에서 나온다.
인간은 결국 홀로 설 수밖에 없는 존재이지만,
서로 의존하고 있음을 깨달아야 한다.
마음 뒤에 칠해진 이기심은 자신만 생각하게 한다.
자신만 생각하면 마음은 매우 좁은 공간만을 차지할 것이다.
그 작은 공간 안에서는 작은 문제조차 크게 보인다.
불행과 고통의 많은 부분은 지각하는 것과 실체 사이의 불일치에서 온다.

이타심은 넘어진 자를 일으켜 세운다.
이타심을 가지면 자연히 자신의 마음은 편안해진다.
타인을 염려하는 마음을 키우면 마음도 넓어진다.
자신의 문제가 설령 큰 것이라 해도 크게 느껴지지 않는다.
넓은 마음을 가지고 만물을 바라보아야 한다.
이기적인 사람은 다른 사람들의 협력과 응원을 얻을 수 없다.
응원과 협조 없이 이뤄진 성공은 오래갈 수 없다.
반면 이타적인 사람은 다른 사람의 따듯한 협조 속에
모두가 함께 기뻐하는 승리를 쟁취할 수 있다.
결국 큰 욕심을 가진 사람은 이타심이 큰 사람일 수밖에 없다.
이타심을 가져라.

소(요르댕 모작). 1890. 프랑스 리유. 예술 미술관

변화

찰스 다윈은 진화론에서 "살아남은 것은 가장 강한 종도,
가장 똑똑한 종도 아니다. 변화에 가장 잘 적응하는 종이다"라고 했다.
'적자생존適者生存' 이라는 자연의 법칙에서
적자適者는 변화할 수 있는 능력의 표현이다.
자연은 변하지 않는 개체에 대해 무자비하다.
변화에 적응하지 못하면 죽음만이 있을 뿐이다.

빌 게이츠는 "나는 힘이 센 강자도 아니고, 두뇌가 뛰어난 천재도 아니다.
날마다 새롭게 변했을 뿐이다. 그것이 나의 성공 비결이다.
'Change변화' 의 g를 c로 바꿔보라. 'Chance기회' 가 된다"라고 말했다.
변화 속에 반드시 기회가 숨어있다.
그냥 이대로' 는 실패를 위한 주문으로 변화는 불가피하며 필수적이다.
현실에 안주하거나 자만하지 마라.

변화는 구호가 아니라 실천이다.
변화는 변수가 아니라 상수이며 위기이자 기회이다.
성공은 얼마나 예측을 잘하느냐에 달려있지 않고
직면하는 변화에 대하여 얼마나 대처를 잘하느냐에 달려있다.
자신을 변화에 적응시켜 안전지대를 넓혀 나가야만 한다.
변화에 적응하고 변화를 즐겨라.

미래를 바꾸려고 노력하지 않으면 과거의 노예로 살게 된다.
모든 것이 변하고 있으며 사물과 상황이 계속 변화하고 있다.
변화하는 환경에 대처하려면 늘 새로운 방식으로 생각하고,
새로운 마음가짐으로 일해야 한다.
낡은 습관과 낡은 방식을 버리고 새로운 방식을 채택해야 한다.
지속적으로 변화에 적응하여 아름다운 미래를 맞이해라.

'에스키모는 들개를 사냥할 때
날카로운 창에 동물의 피를 발라 들판에 세워둔다.
냄새를 맡고 모여든 들개는 피를 핥다가 추운 날씨 탓에 혀가 마비된다.
혀에서 피가 나와도 피인지 모르고 계속 창끝을 핥다가 결국 죽어간다.'
죽지 않으려면 타성에서 벗어나야 한다.

타성에 젖으면 매너리즘에 빠지게 되고 결국 망하게 된다.
매너리즘이라는 관습을 좇기만 해서는 역사의 뒷전으로 사라지게 된다.
똑같은 일을 비슷한 방법으로 계속하면서 나아질 것을 기대하지 마라.
급변하는 시대에 과거 지향적 사고는 곧 도태를 의미한다.
타성에 젖는 것은 미래를 위험하게 만든다.
잡고 있는 헌 밧줄을 놓고 새 밧줄을 잡아라.
타성에 젖지 말고 남다른 내일을 만들어라.

혁신革新의 혁革은 갓 벗겨낸 가죽皮을 무두질해
새롭게 만든 가죽革을 말하는 것이다.
혁신은 가죽을 벗기는 고통으로 새로움을 창출한다는 뜻처럼
기존의 자원에 새로운 능력을 부여하는 활동이다.
혁신은 기존의 것을 바꾸거나 고쳐 면모를 일신시킨다는 것이다.

혁신에는 리스크가 따른다.
혁신을 행하지 않으면 리스크가 더 크다.
혁신은 리스크를 확실하게 하고, 최소한으로 한다.
혁신을 멈춘다는 것은 쇠퇴를 뜻한다.

혁신은 번뜩이는 천재성의 결과가 아니라 고된 작업이다.
천재가 필요한 것이 아니라 고된 작업이 필요하다.
지속적으로 혁신을 추구해야 진정한 강자가 될 수 있다.
혁신이 계속되어야 함을 엄숙히 받아들여라.

일본 처녀. 1888. 워싱턴. 국립 미술관

복장

복장은 사회에서 지위나 품격의 상징으로 타인에게 인식되며
옷을 입은 당사자의 마음에도 영향을 준다.
타인의 평가뿐만 아니라 자기 관리에도 영향을 주어
인간관계와 성공에 중대한 영향을 미친다.

자신의 이미지에 걸맞은 스타일을 갖춰야 한다.
편한 것만 추구하거나 무작정 유행을 따르기보다는
이미지에 맞는 복장으로 가꾸고 표현하여
중요한 경쟁력으로 삼아야 한다.

옷차림은 단순히 아름답거나 깨끗함을 넘어 수준과 취향까지 나타낸다.
정성스레 차려입은 옷차림은
매사에 준비성을 가시적으로 나타내는 척도다.
아무런 정성을 들이지 않고 대충 상대방을 만나는 사람은
대인관계를 실패하기로 작정한 것과 마찬가지다.

하루하루를 '오늘은 인생에서 아주 소중하고 특별한 날이다' 라는
마음가짐으로 차려입어라.
상대하는 사람의 태도도 달라지고 자신의 기분도 좋아진다.
인간관계는 상승곡선을 그리며 성공을 향한 긍정적인 효과가 나타난다.

처음 만난 사람에 대한 인상 결정은 4초 내에 이루어진다.
4초면 첫인상이 각인되어 판단하고,
30초 안에 첫인상을 재확인하고 정당화하려는 식으로 마음이 움직인다.
첫인상에 따라 어떤 사람인지 나름대로 결론을 내린다.
처음 만나는 사람을 무의식적으로 이리저리 살피고 재며,
가치가 있는 인물인지 따져보고 첫인상에 대한 판단을 내린다.
첫인상은 지속적으로 생각과 감정과 판단에 영향을 미치기 때문에
첫인상을 좋게 주지 못하면 만회하기가 어렵다.

사람은 매우 시각 중심적이다.
다른 사람을 평가할 때 겉으로 드러나는 모습을 보고 판단한다.
신체나 복장, 치장, 장신구 등으로 매력적인 이미지를 연출한다면
긍정적인 인상을 주게 될 것이다.

새가 독특한 깃털 색깔로 동종의 새를 판별해 내듯, 사람도 복장, 몸차림,
액세서리 등의 형태로 자기 신분을 드러내는 독특한 깃털을 가지고 있다.
사람은 자신과 닮은 데가 많은 사람과
인간관계를 돈독하게 하려고 하며 편안하게 느낀다.
유력한 사람과 인간관계를 맺거나 비즈니스를 성공시키고 싶다면
상대방의 옷차림이나 행동 스타일을 본 뜰 필요가 있다.

카페에 앉아있는 아고스티나 사가토리. 1887. 암스테르담. 반 고흐 미술관

공원 산책길. 1888. 오테를로. 크롤러 뮐러 미술관

부탁

사람은 홀로 살 수 없으며 서로 돕고 기대며 살아간다.
부탁을 하고 신세를 지며 사는 것이 인간의 삶이다.
사람은 누군가에게 부탁을 하여 신세를 지며 살아가고,
자신도 누군가의 부탁을 받고 신세를 베풀며 살아간다.
중요한 것은 부탁을 하여 신세를 진 것을 잊지 않고 갚으며 사는 것이다.

주저앉지도 서지도 걷지도 못하고, 아예 무너져 버릴 수도 있는
위기의 순간에 혼자서 견디어내려고 하면 더욱 힘들어진다.
누군가에게 도움을 청해야 한다.
어려우면 어렵다고 말하고 아프면 아프다고 말해야 한다.
그래야 도울 사람이 나타나고 해결 방법이 나온다.
때때로 부탁하며 살줄도 알아야 한다.
부탁하는 것은 주위에 누군가가 있다는 뜻이며,
사람과 사람 사이에 끈끈한 정이 흐르고 있다는 증거다.

부탁하여 신세를 진다는 것은 어려운 일이다.
부탁하는 사람은 5분 동안 자존심이 상할 수도 있지만
부탁하지 않는 사람은 평생 동안 자존심이 상할 수도 있다.
부탁하면 최소한 원하는 것을 얻을 수 있는 기회가 주어지지만
부탁하지 않으면 그 기회조차 주어지지 않음을 명심해라.

목표를 이루고자 하는 사람은 부탁에 익숙해 있다.
자존심을 내세우지 말고 항상 마음을 열어 놓아야 한다.
자신보다 나은 사람에게 부탁하는 것을 부끄러워하지 마라.
거절당할 것이 두려워 부탁하는 것을 주저하지 마라.
거절에 좌절하지 않고 다시 용기를 내어 손을 내밀어라.
계속하여 문을 두드리면 언젠가는 문이 열릴 것이다.
부탁하지 않는 사람은 어떤 일도 해내기 어렵다. 부탁할 줄 알라.

부탁을 할 때는 그때그때 알맞은 자세와 수완이 필요하다.
예의를 갖추어야 한다. 공손한 표현이 마음을 움직인다.
상대방을 높이고 자신을 낮추는 태도가 필요하다.
간절하게 부탁하는 인간미 넘치는 말 한마디가 필요하고 중요하다.
사람은 인정과 의리를 보다 중시하기 때문에
딱딱한 원리 원칙을 줄줄이 늘어놓는 것보다
인간적인 면으로 호소하는 것이 낫다.

한 사람에게서 얻은 호의를 다른 사람에게 자랑하여
그에게도 유사한 감정을 갖게 하는 것이 더 현명하다.
자리에 없는 사람에게 감사를 표함으로써
면전의 사람에게도 감사받고 싶은 마음이 들게 해라.

부탁받는 사람이 좋은 기분일 때를 놓치지 마라.
기쁜 날이면 호의가 용솟음친다.
하지만 다른 사람이 먼저 청하여 거절당한 일은
거절이 예견되는 것이므로 다가가서 청하면 말빚만 지게 된다.

어떤 이는 부당한 처우를 한탄하여 새로운 부당함을 유발하며,
도움과 위안을 구하려다 남모를 경멸감만 불러일으킨다.
불평하거나 쓸데없이 한탄하며 체력을 낭비하지 마라.
씩씩하게 헤쳐 나가는 길을 따라 피어있는 꽃을 거두어들여라.

부탁은 하되 하소연을 하지 마라. 하소연은 명망을 해친다.
하소연해도 동정하지도 않고 힘이 되어 주지도 않으며
난처해하고 당황해 할 뿐이다.
입에서 하소연이 나오려 할 때에
입 밖에 낸 하소연들 중에서 해결된 것이 있는지 생각해 봐라.
아마도 허무함만이 기억될 것이다.
동정에서 위안을 구하기보다는 자신의 대담함을 심어주라.

폭풍 하늘의 광경. 1888. 개인 소장

분노

분노는 일상적으로 맞부딪치는 감정으로
인간의 삶은 분노의 밥을 먹으면서 이루어진다.
분노는 마음속에 숨겨져 있다가 자극을 받으면 분출한다.
오랜 시간 침착했다가도 순간의 분노가 문제를 야기한다.
분노는 정신 깊은 곳에 파고들어 극한까지 몰고 간다.
마음에 좌절과 고통과 상처를 남기고 삶의 평화를 앗아가 버릴 수 있다.

분노를 폭발시키는 순간 분노가 자신을 지배하게 된다.
분노에 굴복하는 순간 분노의 노예가 되고 만다.
분노에서 깨어나면 초라함과 어리석음과 비참함에 괴로워한다.
이성이 달아난 빈자리에 분노가 들어서면 지성은 사라진다.
분노가 이성의 둑을 무너뜨리도록 방치하지 마라.

분노란 불길과 같아서 부채질하면 더욱 거세게 타오른다.
반대로 참으면 참을수록 잦아드는 것이 분노다.
분노의 불길을 부채질하지 말고 그 불길을 잠재워야 한다.
분노의 격정을 다스려야만 마음의 평화를 유지할 수 있다.
마음속의 분노를 해독하지 못하면 행복해질 수 없다.
분노에 깔린 슬픔, 고통, 증오와 상처를 헤아리고 풀어주어서
분노를 일으키게 한 감정적인 고리를 끊어야 한다.

진정한 승리자는 분노를 이겨낸 사람이다.
미련한 자는 분노를 분출하지만 슬기로운 자는 참는다.
분노를 없앨 수는 없지만 분노를 잠재울 수는 있다.
분노를 억누를 줄 아는 것은 현명함을 보여주는 것이다.
분노를 다스리는 법을 터득해 사는 것이 삶의 지혜다.
분노를 다루어서 자신과 주변에 상처와 화를 입지 않도록 해야 한다.
분노를 지혜롭게 다루어라.

분노란 마음속의 일이므로 다스리는 것도 마음속의 일이다.
분노가 일어나면 분노를 숨기지 말고 그대로 받아들여라.
호흡을 깊이하고 마음을 추스른 다음에
분노가 일어난 이유에 대해 "왜"라고 자문해보라.
무엇이 나를 분노하게 했는지, 상대방이 분노하는 이유가 무엇인지,
무엇 때문에 다투게 되었는지 헤아려 분노를 다스리며 용서와 화해로
풀어주면 분노는 삶에 활기를 불어넣어주는 계기가 될 수 있다.

사막에 갇힌 차의 타이어의 바람을 빼 접지 면적을 넓혀주듯
신문을 찢거나 격렬한 운동이나 기도로 분노를 뽑아내라.
엔진 오일을 교환하듯 다른 좋은 에너지로 바꿔라.
분노의 에너지를 긍정적 · 사랑의 에너지로 재충전해라.

몹시 화가 났을 때는 화가 나지 않은 척하지 마라.
상대방에게 고통스럽지 않은 척해서도 안 된다.
화가 났으며 고통스러워하고 있다는 사실을 고백해라.
말은 아주 차분하고 침착하게 해라.

상대방의 난폭한 분노에 초연해라.
상대방이 터뜨리는 분노에 정면으로 대응하지 마라.
떨어져서 객관화할 수 있도록 해라.
분노를 표출시킨 당사자가 스스로 다스릴 책임이 있다.
상대방의 분노를 막을 힘이 없음을 인식하고 분노를 떠맡지 마라

분노는 영혼의 원동력 가운데 하나이기도 하다.
분노는 생존해 있으며 건강하다는 신호다.
분노가 없는 사람의 마음은 불구다.
적절한 때와 정도와 방식과 목적을 가지고 분노하기란 어렵다.
건전한 분노는 사태를 개선하도록 활기를 넣어준다.
최선을 다하지 못했을 때
자신에 대한 적절한 분노는 더 잘하도록 하는 촉매 역할을 한다.
사회 부정에 대한 분노는 세상을 향상시키도록 해 준다.
분노할 줄 모르는 사람은 선하게 살줄도 모른다.

젊은 농부 초상, 1889, 미국, 구겐하임 미술관

분수

세탁소에 갓 들어온 옷걸이한테 헌 옷걸이가
"너는 옷걸이라는 사실을 한시도 잊지 말길 바란다"라고 한마디 했다.
그러자 "왜 옷걸이라는 것을 그렇게 강조하나요?"라고 반문하자
"잠깐씩 입혀지는 옷이 자기의 신분인 양 교만해지는 옷걸이들을
그 동안 많이 보았기 때문이다"라고 말했다.

분수란 자기의 신분이나 처지에 알맞은 한도를 말한다.
자신의 분수를 알고 자신의 일을 이성적으로 파악해야 한다.
'족함을 아는 지혜'를 알게 되면 천하에 부족함이 생기지 않는다.
잘난 구석이 별로 없는 사람이 잘 났다고 여기는 경우가 많다.
희망에 부풀어 현실에서 성취되지도 않을 거창한 결과를 바란다.
허황된 상상은 현실에 직면하면 고통의 근원이 된다.
자기 자신과 자기 재능에 대해 분수에 넘쳐서 과신하지 말라.

물질에는 한도가 있지만 인간의 욕망에는 한도가 없다.
한도가 있는 것으로 한도가 없는 것을 만족시키려면 다툼이 일어난다.
물질에는 안정이 있지만 인간의 마음에는 안정이 없다.
안정이 없는 것으로 안정이 있는 것을 움직이려고 하면 반드시 실패한다.
그렇다고 자신의 분수를 지레 인식하고 안주해서는 안 된다.
자신의 분수에 맞는 쉼 없는 도전이 발전의 토대가 된다.

성공을 크게 거두려면 거창한 목표를 세워야 한다는 말은 옳지만
현실적인 목표를 세우는 것이 지혜롭다.
지혜로운 사람은 가장 좋은 결과를 바라면서도 자신의 분수를 알고
자신이 감당할만한 최악의 경우를 예상하고 목표를 세운다.
경험을 충분히 쌓기도 전에 성공에 대한 기대감에 부풀어
목표를 현실적으로 조절하지 못하면 안 된다.
어리석은 짓을 막는 최고의 만병통치약은 자신의 분수를 아는 것이다.
자신의 분수와 능력을 파악하고 이상과 현실을 잘 조화시켜라.

'대인춘풍 지기추상待人春風 持己秋霜' 은 '남을 대할 때는 봄바람처럼,
자신을 대할 때는 가을 서리처럼' 하라는 뜻이다.
타인보다 자신에 대한 잣대를 보다 엄격하게 적용해야 한다.
자신에 대해 주인이 되려면 스스로를 철저히 알아야 한다.
스스로 자신을 돌이켜보아야 하며 남이 평한 것을 들어보아야 한다.
더 나아가 자신을 비판의 대상으로 할 줄 알아야 한다.

뛰어난 장점에 맞먹는 결점을 갖고 있지 않은 사람은 없다.
결점이 조장되면 어려움을 겪게 되므로
자신의 주요 결점을 확실하게 알고 굴복시켜야 한다.
자신에 대한 분별력을 발휘하여 객관적으로 평가해라.

모래 싣는 바지선. 1888. 독일 에센. 폴크방. 민속 미술관

아빠는 바다에 가고(데몬 브레튼 모작), 1889, 개인 소장

불안

불안은 삶의 조건이다.
삶은 하나의 불안을 또 다른 불안으로 바꿔가는 과정이다.
인간은 자신의 '내던져짐' 에 대해서,
그리고 모든 것이 자신에게 '맡겨져 있음' 에 대해 불안해한다.
불안에서 벗어날 수 있는 방법은 '실존하는 것' 이다.
스스로 자신의 새로운 가능성을 기획하고 살아가는 것이다.
인간은 자기 삶의 수준을 개선하려는 기대가 높으면 높을수록
피할 수 없는 불안과 함께 가야 하는 운명이다.
생존에 가장 적합한 사람은 불안에 떠는 사람일 수도 있다.

인간에게 내재되어 있는 궁극적인 불안감은 죽음이다.
인간은 죽음이라는 불안을 가지고 삶을 영위하는 존재다.
불안감을 가지고 삶의 유한함을 깨달으면 깨달을수록
의미 있는 삶을 살아가게 된다.
삶의 배후에 죽음이라는 불안이 받쳐주고 있기 때문에
삶이 더욱 충실할 수 있는 것이다.
인간에게 주어진 죽음의 불안은 신을 찾게 하는 도구다.
인간은 실존의 유한성을 인정하고 신에 의지하는 삶을 살아가는 것이다.
하지만 무조건적으로 불안을 해소하기 위해
신에 의존하는 자세는 현실 도피와 기복적 신앙으로 흐를 수 있다.

인간이 완벽하게 행복할 수 없는 이유는 불안을 의식해야 하기 때문이다.
참된 행복을 이루는 것은 불안에서 자유로운 순간들뿐이다.
불안은 다양한 사회제도 속에서 발현되는 보편적 현상이다.
현대 사회는 '불안의 시대' 라고 지칭될 만큼
개인, 사회적으로 다양한 불안 현상이 나타나고 있다.

불안은 주관적인 의식 세계 속에서, 무의식 속에서, 때로는 종교 속에서,
심지어 불안을 해소하기 위한 과학 속에서 다양하게 발견된다.
인간적인 '존재' 자체로부터 사회 구조적으로 강요된 개별화와 고립감,
심지어 예측하기 어려운 글로벌 금융자본의 투기와 시장의 교란,
노동으로부터의 소외나 환경 및 생태 위험 등 불안이 도처에 산재해 있다.

인간사는 불안으로 점철되어 왔지만
끊임없이 시대의 불안을 성찰하고, 해결하려는 노력을 경주해 오고 있다.
인간에게 불안은 사회를 해체하는 병리 현상으로 작용하기도 하지만
역사의 문명을 진보시키는 촉진제의 역할을 하기도 한다.
불안은 말끔히 해소되는 것이 아니라 여전히 존재하면서
새로운 도전을 유발하는 것이다.

불안은 인간의 끊임없는 욕구와 결핍, 경쟁과 강박,
내재적인 소외를 불러일으키는 부정적인 요소이기도 하지만,
개인이나 역사의 진보를 불러일으키는 역동적 에너지로 작용해 왔다.
불안은 인간에게 환경을 변형시키고, 자원을 동원하게 하는
하나의 증후이기도 하고,
새로운 욕구로 도전하게 하는 촉매로 작용하기도 한다.

인간에게 불안이 자살, 알코올 중독, 마약 중독 등
부정적으로 작용하기도 하지만 스포츠 참여, 신앙생활, 과학 탐구 등으로
역동적이고 경건한 삶과 역사의 진보를 가져온다.
불안을 긴장과 갈등, 소외 등 병리현상으로 바라보는 시각을 전환하여
개인이나 역사 발전의 에너지로 작용하도록 긍정적인 응전을 해야 한다.

인간은 '사회적 동물' 로서 혼자가 아닌
여러 사람들이 화합하고 협업하면서 더불어 사는 공동체를 형성하여
불안을 줄여가면서 살아가야 한다.
불안을 인정하면서 불안을 부정적인 시각에서 볼 것이 아니라,
해소하기 위한 노력을 통하여
개인의 발전과 사회적인 역동성을 이룩해야 한다.

가로수로 갈라진 거리, 1884, 개인 소장

비전

비전은 내다보이는 장래의 밝은 전망이나 이상, 꿈을 말한다.
비전은 미래에 대한 통찰력과 장기 목표를 갖는 것이다.
장기적 이익을 위해 당장의 손해를 감수할 수 있는 용기를 가지고
실천해 나가는 끈기를 포괄하는 개념이다.
비전은 아직 보이지 않는 것을 미리 보고
이를 향해 힘을 한 군데로 결집시켜 나가는 것이다.
비전은 말 그대로 볼 수 있는 사람만이 가질 수 있는 특별한 것이다.

미래지향적인 삶은 바로 비전의 실현을 위해 노력하는 삶이다.
비전을 실현하기 위해서는 명확한 목표를 가지고 살아야 한다.
삶의 목표가 없는 이유는 비전을 가슴에 품고 있지 않기 때문이다.

마이크로소프트의 빌 게이츠는 남들이 대형 컴퓨터에 매달려 있을 때,
개인용 컴퓨터PC가 주도할 날을 미리 보았다.
남들이 보지 못하는 것을 미리 보는 것,
꿈과 비전을 모두의 열망과 믿음으로 바꿔주는 것이 성공의 원천이다.
전체를 조망하고 장기적인 시각으로 미래를 설계해야 한다.
눈앞을 보고 멀미를 느끼지 말고 앞을 바라보라.
미래를 내다보는 능력을 겸비해라.

어떤 사람이 링컨에게
"당신은 교육도 제대로 못 받았으면서
어떻게 변호사가 되고 미국 대통령까지 될 수 있었습니까?" 하고 묻자
"내가 마음먹은 날, 이미 절반은 이루어진 것입니다"라고 대답했다.
누구나 세상 속에서 일어날 수 있는 다양한 일들을 꿈꿀 수 있는
뜨거운 사람이며 자기 인생의 꿈을 이루어가는 예언자다.

비전이 없는 사람은 성공할 수 없다.
비전이 없는 사람은 의미 없는 삶을 보내는 사람이다.
뜻이 있는 곳에 길이 있듯이
비전을 세우면 잠재능력이 일깨워지고 비전이 자신을 이끈다.
비전이 기회를 창조하여 성공과 행복을 이룬다.
비전의 실현은 현실적으로 어려운 일이지만
희망을 버리지 않고 꿈을 키워나가는 자세를 가져야 한다.

위대한 비전은 하루아침에 이뤄지지 않는다.
끈기와 인내를 가지고 시련을 통과하고 장애물을 극복해야 한다.
자신의 비전에 대하여 지금 당장의 현실적 상황만으로 좌절하지 마라.
꿈과 희망의 끈을 놓지 마라.

비전은 아무 생각 없이, 아무 준비 없이
그저 목만 내놓고 기다리는 사람에게 주어지는 것이 아니다.
실현을 간구하고 간절히 희망하며 노력하는 사람에게 다가오는 것이다.
비전을 이루기 위해 지금 무엇을 실천하고 있는가?
비전이 있으나 실행력이 없는 사람은 몽상가다.
실행력은 있으나 비전이 없는 사람은 맹목적 실행자다.
비전과 실행이 결합되어야 한다.
자신의 존재 가치와 목적을 세우고, 이루고자 하는 청사진을 그려보라.
자신이 어떤 사람이고, 어떤 목적을 가지고 있으며,
어떠한 사람이 되고자 하는가에 관한 비전을 세우고 열정을 다해라.

위대한 사람은 자신의 생애를 걸 수 있는 큰 문제를 붙잡고 매달린다.
인격의 크기는 바로 붙들고 씨름하는 비전의 크기다.
위대한 사람은 위대한 꿈을 가지고 있고
평범한 사람은 평범한 꿈을 가지고 있다.
작은 꿈을 꾸면 피를 들끓게 하는 기적을 일으키지 못한다.
자신을 변화시키고 싶다면 꿈의 내용과 크기를 바꿔라.
생생하게 상상하고, 간절하게 소망하고, 진정으로 믿고,
열정적으로 실천하면 반드시 이루어진다.
원대한 꿈을 세우고 드높은 이상과 희망을 향해 나아가라.

초승달밤에 산책하는 커플. 1890. 브라질. 상파울로 미술관

사랑

사랑은 여행과 같다.
사랑하는 사람의 세상으로, 영혼으로 들어가는 것이다.
사랑은 빛나는 삶의 언어이며 영원한 주제다.
인간의 영원한 멜로디이며 찬란함과 성스러움을 더해준다.
사랑의 빛은 현재를 아름답게 미화하고 미래를 환히 밝혀준다.
사랑은 다른 대가를 바라지 않으며 사랑만을 바랄 뿐이다.

사랑은 곡선이며, 나아가 곡선으로 만든 직선이다.
곡선만이 부드러움과 여유로움을 선물한다.
직선과 곡선의 조화에서 우러나온 사랑이 삶의 원동력이다.
인생은 거침없이 내닫는 직선이 아니다.
온갖 어려움을 되풀이하며 곡선의 여유를 배운다.
사랑이 곡선인 것은 모든 것을 포용하기 때문이다.

사랑은 명사가 아닌 동사로서 행동하는 것이다.
사랑은 감동시키는 것이며, 감동되는 것이며,
변화시키는 것이며, 변화되는 것이다.
사랑보다 더 치유적인 것은 없다.
진정한 기적은 사랑을 통해 일어난다.
사랑으로 시작해라.

사랑이란 자신과는 다른 환경과 상황에서 살고 있는 사람을
이해하면서 함께 기쁨의 다리를 건너는 것이다.
차이를 부정하는 것이 아니라 차이를 인정하는 것이다.
사랑하는 사이에 무수한 차이가 있다는 사실을 깨닫는다면,
상호간의 차이와 거리를 사랑할 수 있다면
상대방의 전부를 바라볼 수 있을 것이다.
차이는 사랑의 대상이다.
차이를 인정하면서 기뻐야 할 때는 기쁨을 나누고,
서러움, 번민, 고통의 상태에 있을 때에는 함께 극복해 나가야 한다.
마음이 불편하고 흔들려도 믿음과 사랑으로 가꾸어 나가야 한다.

'서로 사랑하라. 그러나 사랑으로 구속하지는 마라.
그보다 너희 혼과 혼의 두 언덕 사이에 출렁이는 바다를 놓아두라.'
칼릴 지브란의 〈사랑과 결혼의 시〉에 나오는 구절이다.
진정한 사랑은 자신의 길을 가도록 인정하고 격려하는 것이다.
집착과 사랑을 혼동해서는 안 된다.
자신 옆에 붙잡아 두려는 것은 잘못된 집착이다.
집착하여 사랑하는 사람이 가려는 길에 걸림돌이 되어서는 안 된다.
서로의 꿈이 이루어지도록 응원하고 성장을 축복하고,
힘들 때 서로에게 의지하는 든든한 버팀목이 되어야 한다.

사랑은 상대방에 대한 희망적이고 너그러운 생각이다.
인간 상호간의 신뢰를 구축하는 최선의 실천행위이다.
자비롭고 온유하며 진실하며 존중과 배려로 이루어진다.
상대방의 밝은 면에 관심을 기울이며 마음을 표현할 때 비로소 성숙한다.

삶을 영위하면서 남을 미워하지 않을 수 있으며,
남한테 미움 받지 않을 수 있다고 생각하는가?
남을 미워하지 않고 살기를 바라는 것은 교만일 수 있다.
자신을 미워하지 않기를 바라는 것은 오만일 수 있다.
미움은 삶의 일상적인 감정이지만 미움으로 미움을 이길 수 없다.
미움은 강인함이 아닌 나약함의 다른 모습이다.

남을 미워하면 자신의 마음이 미워진다.
미움이 다가왔을 때 미움 안으로 몸을 담그지 마라.
미운 생각을 지니고 살아가면 피해자는 바로 자신이다.
하루하루를 그렇게 살아가면 삶 자체가 얼룩지고 만다.
미워하는 것도, 사랑하는 것도 마음에 달린 일이다.
마음을 돌이켜 삶의 의미를 심화시켜야 한다.
맺힌 것은 언젠가 풀지 않으면 안 된다.
미움을 통해서는 행복해 질 수 없다.
미움의 감정을 제거하고 사랑의 감정을 키워라.

가을 산책, 1889, 암스테르담, 반 고흐 미술관

사색

사색은 잠시 멈춰서 영혼의 우물을 깊이 파는 것이다.
침묵의 예술인 사색은 일상과 동떨어진 피안의 세계가 아니라
실생활의 연장선에서 '마음 쓰는 법'의 훈련이다.
고요히 주의를 기울이며 머무는 법을 배워야 한다.
침묵은 밭을 갈고 씨앗을 뿌린 후에
새싹이 돋아나기를 기다리는 농부의 기다림과 같다.
때로는 침묵에 해답이 있다.

마음이 고래고래 소리를 지르고 있을 때는
내면의 '고요하고 작은 목소리'를 들을 수 없다.
사색은 마음의 요란한 소음을 가라앉히기 위한 것이다.
마음의 소음이 사라져야 내부에 흐르는 침묵의 소리를 들을 수 있다.
사색은 달리는 자에겐 머물지 않는다.
머물러 먼 곳을 볼 겨를이 없으니 사색은 점점 더 멀어지고,
그 다음에는 세상이 만든 습관과 관성에 따라 달려간다.

사색의 통로를 거쳐야 삶의 지혜를 얻는다.
사색은 조용한 시간을 요구한다.
끝없는 질주를 잠시 멈추고,
스스로에게 질문하고 자신과 대화하는 사색을 시작해라.

칠흑 같은 어둠 속에서 고요함을 맛보아라.
고독과 침묵을 인식하면서 활동력을 찾아내라.
자신의 힘으로 마음속에서 실존의 진리를 발견해라.
모든 번잡스런 것을 잊고 사색에 잠겨보라.
자신 속에 자신이 너무 많으면 안 된다.
일상에서 자유로움을 얻으려면 부단히 자신을 비워야 한다.
그 빈 공간을 만들기 위해 마음속의 일부를 비워두라.
가끔은 '나는 누구인가, 어디서 왔나, 어디로 가나' 하고
마음의 눈으로, 마음의 가슴으로 자신을 바라보라.
조급함이 사라지고 삶에 대한 여유로움이 생길 것이다.

발상의 벽에 부닥칠 때에 푸르게 잎을 틔우는 나무를 보라.
해변이나 강가로 나가 낚싯줄을 드리워라.
푸른 잎사귀와 파도와 바람 그리고 햇볕으로부터 아이디어를 낚아라.
삶에 여백이 필요하듯 사색을 통해 자신을 비워라.
마음이 경직되면 중요한 것들을 그르치게 된다.
사색하면 마음이 부드러워지고 내면의 유연성이 커져
여유를 가지고 문제점을 관조하게 된다.
사색은 삶을 이해하게 하고 깨달음과 힘을 키워준다.
사색을 통해 삶을 풍부하게 하라.

생각이 없으면 살아도 살았다 할 수 없다.
말은 한낱 사치스런 수단에 지나지 않는다.
아무리 커다란 건물이라 할지라도
인간의 머릿속에서 그 형체가 그려진 다음에 건물을 짓는다.
현실이란 곧 생각의 그림자에 불과하다.

마음이란 생각이 쌓여 이루어진다.
마음속으로 무엇인가를 결정했다면 감정도 그 결정에 따른다.
마음을 점령하고 감정을 변화시키려고 한다면
마음을 지배하고 있던 생각을 바꾸어야 한다.
생각을 풍부히 해라.

때때로 혼자서 신중하게 생각하면서 자신과 회의하는 시간을 가져라.
문제의 단편들을 모으고, 해결책을 마련하기 위해 노력하고, 계획하고,
자신 내부에서 우러나오는 생각에 귀를 기울여라.

감자 먹는 사람들. 1885. 암스테르담. 반 고흐 미술관

삶

삶이란 태어나서 죽음에 이르는 동안
행하거나 겪는 의미 있는 일들의 전체를 뜻한다.
삶은 어떤 일이 생기느냐에 따라 결정되는 것이 아니라
어떤 태도를 취하느냐에 따라 결정된다.
햇빛이 비치는 곳에 그늘이 있듯이 삶에는 반대되는 것들로 가득하다.
행복과 기쁨 뒤에는 불행과 슬픔이 있고, 태어남에 죽음이 있다.
극복하는 길은 원리를 받아들이고 열심히 살아가는 것이다.

삶의 부조리란 소원이나 기대와 어긋나는 현실이 전개되는 상황이다.
자신이 예측할 수도, 알 수도 없는 우연에 의해 자신의 삶과
자신이 믿고 있던 가치가 흔들릴 때 사람은 인생이 무의미하다고 느낀다.
삶의 허무와 부조리를 인식한다는 것은
인간이 인간다워질 수 있는 기본 조건이다.
삶의 무의미함으로부터 벗어날 수 있는 방법은
삶의 부조리를 당당하게 받아들이는 자세다.
삶의 부조리에 절망하여 삶을 포기하거나
주어진 현실을 회피하거나 무조건 견디며 살아가서도 안 된다.
부조리함이 삶의 실존적 조건으로 생각하고 회피하지 말고 맞서라.

삶은 물질적 조건과 밀접하게 결부되어 있다.
물질적 조건의 충족은 윤택한 삶을 가능하게 하지만,
지나친 물질적 충족을 절제로 제한하지 않으면 삶은 황폐화 된다.
탐욕과 소비주의 성향으로 가득 찬 소유 지향의 낡은 삶에서,
진정한 창조적 삶과 기쁨을 공유하는 존재 지향의 삶으로 나아가야 한다.

가치 있는 삶을 위한 첫걸음은 '버리는 것' 이다.
배가 바다로 나갈 때는 꼭 필요한 짐만 실어야 하듯이
지금 자신의 인생에서 불필요한 짐은 버려라.

영원히 할 수 없는 것들을 꽉 붙잡고 놓지 않고 있다가 결국 삶을 망친다.
집착을 버린다면 인생의 참된 가치가 무엇인지 보일 것이다.
삶에서 잡동사니를 제거하라.
주변에 고통스러운 기억을 불러일으키는 대상이 있다면 결별하라.
아름다우면서도 동시에 고통스러움을 유발하는 것이 있다면
가능한 한 그것과도 결별하라.

인생은 먹는 것만으로는 만족하지를 않는다.
여타의 동물은 먹기 위해 살고, 살기 위해 먹는다.
사람은 이상을 추구하며 산다.
이상을 추구한다는 것은 인간만이 누릴 수 있는 특권이다.
이상이라는 꿈을 그리며 살아야 한다.
이상은 실현의 가능성을 수반하는 사고 작용이다.
이상은 연구하고 노력하면 도달할 수 있다.

역사가 한꺼번에 진보하지 않듯이, 이상은 갑자기 이루어지지 않는다.
때와 여건은 언제라도 기대와 어긋할 수 있다.
현실은 이상의 터전이다.
이상이 크다고 가치 있는 것은 아니다.
굳은 땅을 뚫고 오르는 이상의 새싹을 소중히 여겨
가꾸고 키워 실현시켜야 한다.

삶에 있어서 안주하지 않고 익숙해 있던 삶을 과감히 박차고 나와
새로운 세계로의 도전을 시도하는 태도가 있는 반면에
주어진 조건을 오히려 복된 것으로 여기면서
삶의 의미를 찾아나가는 현실 적응의 태도가 있다.
주어진 삶의 조건 속에서 무엇이 의미 있는 삶의 길인가를 두고 고민해라.

삶의 질이란 삶에 대해 느끼는 긍정적인 정서와 주관적인 만족감이다.
삶의 질은 직접 체험해서 느끼는 감정이다.
물질적 풍요가 삶의 질을 측정하는 절대적인 기준이 될 수는 없지만
물질적인 풍요가 삶의 질과 상관없다고 말할 수 없다.
물질적 생활 조건이 안정되어야 더 높은 삶의 질을 추구할 수 있다.
생존이나 안전의 욕구가 충족된 상황에서
사랑 · 존경 · 소속감 같은 욕구가 생겨나며,
'앎' 과 '아름다움' 에 대한 지적 · 심미적 욕구를 낳는다.
경제가 곧 삶의 질과 정비례하는 것은 아니다.
물질 추구는 물신주의와 인간 소외를 낳았다.
진정한 삶의 질에 관심을 가져야 한다.

기술 문명이 삶을 편리하고 풍요롭게 만들어 주고 있으며
그 영향력을 벗어나서는 영위되기는 힘들 정도로 삶을 지배하고 있다.
기술 문명의 발달은 인간의 기계화나 인간의 존엄성 상실 등
부정적인 측면도 가지고 있다.
삶의 근본 문제들에 대한 성찰 없이
편리함과 효용성에 매달리는 것은 값어치 있는 삶이 아니다.
보람 있는 삶을 영위하기 위하여 기술적 효용성에서 벗어나
내면의 가치를 중시하는 자기 성찰의 태도를 가져라.

루빈 운하에서 빨래하는 여인들, 1888, 개인 소장

아를의 여인 지누 초상. 1890. 로마. 국립 현대 미술관

생각

매일 아침 마음대로 쓸 수 있는 무한한 힘인
생각을 스스로 선택하는 능력을 가지고 깨어난다.
누구도 무엇을 어떻게 생각해야 하는지 가르쳐 주지 않으며
혼자서 무슨 생각을 할 것인지 결정해야 한다.
가진 모든 것, 갖지 못한 모든 것,
삶의 모든 상황과 환경은 그럴 거라고 상상해 온 그대로다.
원하는 것을 상상하고 느끼는 대로 이루어질 수 있다.
생각은 살아 움직이는 세계에 커다란 영향을 미친다.
생각이 미래를 결정한다.
오늘은 어제 생각한 결과이며 내일은 오늘 하는 생각에 달려 있다.

세상에 절대적인 것은 없으며 생각이 그렇게 만들 뿐이다.
생각 하나하나가 뇌 구조를 쉬지 않고 바꾼다.
좋은 생각이든 나쁜 생각이든 뇌에 배선을 만든다.
같은 생각을 여러 번 반복하면 습관으로 굳어 버린다.
성격도 생각하는 방향으로 바뀐다.
생각을 원하는 방향으로 바꾸고 그 상태를 단단히 유지해
새로운 습관을 들여야 뇌 구조가 거기에 맞게 변경될 것이다.
생각을 고치면 인생을 고칠 수 있다.
생각을 관리해야 한다. 생각 관리가 인생 관리다.

생각이 삶을 지배한다.
생각은 자석처럼 생각한 것을 끌어당겨 삶에 나타난다.
자신 안에는 세상 그 무엇보다 강한 자기력이 깃들어 있고,
자기력은 생각을 통해서 방사된다.
마음으로 원하는 것을 생각하고 그 생각이 마음에 가득하게 할 수 있다면,
그것이 인생에 나타날 것이다.
생각하는 대로 느낀다. 생각을 다스리면 감정이 조절된다.
생각이 방향을 결정하고 행동을 낳는다.

삶은 자신이 품어온 생각의 직접적 결과다.
오늘의 모습은 예전부터 생각해 왔던 것이다.
강한 생각은 강한 사람을 만들고 약한 생각은 약한 사람을 만든다.
목적을 가진 생각은 목적을 가진 사람을 만든다.
공상적인 생각은 공상적인 사람을 만든다.
용기 있는 생각은 용기 있는 사람을 만든다.
겁 많은 생각은 겁 많은 사람을 만든다.
확신 있는 생각은 확신 있는 사람을 만든다.
무력한 생각은 무력한 사람을 만든다.
성공적인 생각은 성공하는 사람을 만든다.
실패하는 생각은 실패하는 사람을 만든다.

선입견은 특정 대상에 대하여 갖는 주관적 가치판단이다.
변화하기 어려운 평가 및 견해이며 무비판적이고 감정적이다.
생각에 침입한 선입견은 몸에 침입한 세균과 같다.
세균이 몸의 저항력을 무력화시키듯이
선입견은 정신적 저항력을 압도하여 소진시킨다.
선입견이 합리화되고 고정되면 편견이 된다.
자기주장을 내세우고 반대 의견을 무시하는 '편향' 이 생긴다.
마음속에 선입견이 있으면 만사에 대처할 때 잘못 생각한다.
상대방의 과거, 전해들은 말, 신체적인 특성 등에 의한
선입견을 가지지 말고 지금 현재의 상대방을 보려고 노력해라.

마음에 빈 공간을 마련해야 한다.
올바른 판단은 마음에 빈 공간이 있어야 가능하다.
그래야 진실한 소통으로 생각을 받아들이고,
새로운 지식과 지혜가 들어올 수 있다.
열린 생각을 갖지 않으면 선입견의 틀에 속박되어 경쟁력이 쇠퇴된다.
'열린 생각' 은 인생길을 열어주지만 '닫힌 생각' 은 닫아버린다.
생각의 틀이 자신의 미래를 결정한다.
열린 생각의 틀을 만드는 것은 배울 수 있는 것이다.
열린 생각의 틀을 갖도록 노력해라.

첫 걸음마(밀레 모작). 1890. 뉴욕. 현대 미술관

선택

인생은 B에서 시작하여 D로 끝나고 그 사이에 C가 있다.
B는 Birth태어남이고, D는 Death죽음이며
그 과정인 삶에 C인 Choice선택가 있는 것이다.

삶 앞에는 다른 길들이 놓여 있고, 그 중 하나의 길을 선택해야 한다.
선택에 의하여 삶은 수많은 방향으로 갈릴 수 있다.
인생은 선택의 연속으로 끊임없는 결정의 순간을 갖고 있다.
어떤 옷을 입고, 무엇을 먹을 것인지와 같은 일상적인 선택에서부터
누구와 결혼할 것인지, 어떤 직업을 선택할 것인지와 같은
인생에 중대한 영향을 미치는 선택이 있다.

인생은 주어지는 것이 아니라 선택하는 대로 사는 것이다.
운명을 결정하는 것은 한 순간이다.
삶은 순간순간 내리는 선택으로 이루어진다.
인생의 향방은 아주 단순한 갈림길에서 갈라진다.
시시각각 갈림길에 서서 선택을 한다.
지금까지 살아온 오늘의 모든 것이 선택의 결과다.
성공과 실패, 행복과 불행도 선택으로 현재에 이른 것이다.
지금 무엇을 선택하고 붙잡느냐에 따라 행복과 불행이 갈린다.
크고 작은 선택들이 운명을 결정함을 명심해라.

인생에서의 선택을 우연이나 흘러가는 대로 맡겨서는 안 된다.
스스로 자신의 미래를 책임지고 인생을 값지게 만들어가야 한다.

좋은 씨앗이 좋은 열매를 맺듯이 좋은 선택이 좋은 결과를 낳는다.
좋은 선택으로 행복해지기도 하고
빗나간 선택으로 불행해지거나 후회하기도 한다.

선택의 몫은 다른 사람이 아닌 자신의 몫이다.
올바른 선택을 위해서는
올바른 선택을 하지 못할 수도 있다는 것을 받아들여야 한다.
주어진 모든 선택에 대해
개방적인 태도를 취하고 융통성을 유지해야 한다.

선택의 능력을 가져야 한다.
학식과 조심성을 가지고도 선택에서 실패하는 사람들이 많다.
오류를 범하기로 작정이라도 한 듯 최악의 것을 움켜진다.
선택의 능력은 학식이나 지성만으로는 충분치 않으며
좋은 분별력과 올바른 판단이 필요하다.

좋은 선택을 하기 위해서는 감정과 이성을 잘 조화시켜야 한다.
자신이 내리는 결정 배경에
어떤 심리 작용이 자리 잡고 있는지 곰곰이 생각해야 한다.
현재 상황과 미래 충격에 대한 파악이 이루어져야 하며
자료를 동원하여 불확실성을 최소화시켜야 한다.
자신의 관점에서 새로운 시각으로 바라보면
남들이 간 길에서도 내가 갈 길이 보이고 옛 길에서도 새 길이 보인다.
선택의 능력은 하늘이 내린 재능 중의 하나다.
선택하는 능력을 키워라.

선택 기준을 갖는 것이 중요하다.
'무엇이 옳은 것인가, 미래를 향한 것인가, 밝은 쪽인가,
나와 다른 사람을 함께 행복하게 하는 일인가.' 이다.
특히 중요한 선택 기준이 있다.
하지 말아야 할 것을 선택하지 않는 것이다.
무엇을 해야 할까를 결정하는 것은 간단하다.
진정 어려운 것은 하지 말아야 할 것을 결정하는 것이다.
하나의 결정이 다음 결정에 영향을 미친다.
생각하는 것 이상으로 큰 영향을 미친다.
선택을 한 후에 최선을 다해라.

삼나무와 두 여성. 1890. 암스테르담. 반 고흐 미술관

설득력

세상에서 가장 어려운 일은 사람의 마음을 얻는 일이다.
사람의 마음을 움직이기란 결코 쉬운 일이 아니다.
각양각색의 마음과 순간에도 수만 가지의 생각이 떠오르는데
그 바람 같은 마음이 머물게 한다는 건 정말 어려운 일이다.
상대방의 입장에서 사안을 바라보면서
상대방의 생각을 이해하는 데서 출발해야 한다.
자신의 마음을 먼저 열고 주어야 상대방의 마음을 얻을 수 있다.
도와줄 때는 따뜻한 마음으로, 지적할 때는 진실한 마음으로,
가르칠 때는 이해하는 마음으로 해야 한다.

사람의 마음을 움직이려면 움직일 수 있는 상태를 만들어주어야 한다.
욕구가 일어나도록 만들어주거나 바라는 것을 보여주면
마음은 움직이게 되어 있다.
상대방이 움직이는 충동이 무엇인지 알면 의지를 움직일 수 있다.
사람은 자신만의 우상을 가지고 있다.
쾌락을 추구하거나, 명예를 중요시 하거나 눈앞의 이익을 우상으로 여긴다.
상대방이 섬기는 우상과 버릇, 취미,
좋아하는 것과 싫어하는 것을 간파하여 준비를 갖추어 기다려라.
공감을 일으키는 결정적인 말을 던지면 의도하는 방향으로 움직인다.
상대방의 마음을 움직이는 법을 터득해라.

상대방을 공감시키는 능력이 중요하다.
자신 스스로 중요하다고 생각하는 이야기를 전달해야
상대방의 마음을 사로잡을 수 있다.
자신의 이야기를 들려주어 공감을 끌어내고 신뢰를 구축해야 한다.
상대방의 마음을 사로잡는 이야기를 들려주는 사람이야말로
강력한 설득력을 가진 사람이다.
상대방의 마음과 의지를 옮겨놓는 설득력을 발휘해라.

설득력 발휘에서 범할 수 있는 최대 실수는
자신의 견해와 감정 표현에 최우선 순위를 두는 것이다.
자신의 생각과 감정을 표현하려고만 해서는 안 된다.
먼저 상대방을 존중하고 이해하려고 해야 한다.
자신의 논리를 전달하기 위해 고민하기보다는
상대방의 입장을 들어주고 이해하고 존중해주어야 한다.
그러면 상대방은 상대의 관점과 견해를 이해하려고 하는 마음을 가지면서
설득의 성공률은 현저하게 높아진다.

다른 사람을 설득할 준비를 할 때는 시간을 배분해라.
'내가 말하고자 하는 것이 무엇인가?' 생각하는 데 1/3을 보내고,
'상대가 말하려는 것이 무엇일까?' 생각하는 데 2/3을 보내라.

개는 반가운 상대를 만나면 꼬리를 치켜들고 흔들지만,
고양이는 싸워야 할 상대를 만나면 꼬리를 흔든다.
개가 고양이에게 반갑다고 꼬리를 흔들면 고양이는 전투태세에 돌입한다.
인간관계에서도 성격과 말하는 방법 행동이 서로 다르다보니
의사소통에 문제가 생긴다.
의사소통 능력을 키우기 위한 전제는
상대와 나의 상식과 사용하는 말의 뜻이 다를 수 있음을 인정해야 한다.
감정이나 체면을 경계해야 하며 정직하고 솔직해야 한다.

의사소통을 잘 하기 위해서는 30초 안에 상대의 관심을 유발하고,
3분 내에 말하고자 하는 핵심 내용을 확실하게 전달하고
30분 내에 핵심 내용을 설명하고
상대방의 마음을 움직여 결정을 이끌어낼 수 있어야 한다.

성공적인 화법에 '1:2:3의 법칙' 이 있다.
하나를 말하고 둘을 듣고 셋을 맞장구치라는 뜻이다.
맞장구는 대화의 하이파이브로 상대방의 말에 귀를 기울이면서
동조함을 나타내어 깊은 유대감과 공감을 형성한다.
'맞장구' 도 상황에 맞게 진심을 담아서 해야 한다.
과장하거나 건성으로 하지 말고 상대방이 기쁘고 행복하게 해 주어라.

생 폴 병원의 현관, 1889, 암스테르담, 반 고흐 미술관

성공관리

환호의 현관을 지나 행복의 방으로 들어선 자는
언젠가는 집 밖으로 나오게 되어 있다.
인생에는 밀물의 때가 있고 썰물의 때가 있다.
밀물과 썰물의 때를 아는 사람은 밀물의 때를 만났다고 좋아하지 않는다.
곧 썰물의 때가 올 줄을 알기 때문이다.
만물은 성하면 반드시 쇠하게 마련이며 융성한 성공도 교체가 있다.
등장할 때의 갈채보다는 행복한 퇴장을 더 염두에 둬라.

벽을 향해 힘껏 공을 던지면 단번에 손끝으로 공이 되돌아온다.
사물은 절정에 이르면 반드시 반동이 생긴다.
어리석은 사람은 절정에 이르게 된 것을 기뻐하지만
똑똑한 사람은 오히려 그 반동을 두려워한다.

산에 오르기는 쉬우나 내려오기가 오히려 힘들다.
중요한 것은 등장할 때의 일반적인 갈채소리가 아니라
물러날 때에 다른 사람들이 느끼는 감정이다.
어떤 일이 다시 소망된다는 것은 드문 일이며
나가는 문지방까지 행운과 함께 한 사람은 거의 없다.
등장하는 사람에게 환영이 일반적이듯 퇴장하는 사람은 경멸받기 쉽다.
끝을 생각해라.

세력은 아예 스스로 너무 키우지 말아야 한다.
세력이 커지면 생각지도 못한 불행이 잉태된다.
지나치게 키운 사람은 스스로 덜어버릴 줄 알아야 한다.
세력은 넘치지 않도록 해라.

막상 성공하고 나면 어떻게 해야 할지 모르는 경우가 많다.
성공을 추구할 때보다 성공한 다음의 성공관리가 오히려 힘든 법이다.
성공을 잘 관리하지 않으면 권태의 제물이 되고 만다.
성공을 거둠에 따라 자만심에 빠지기 쉽다.
스스로를 자부하며 변화를 꺼리면서 안주해서는 안 된다.
안주하면 변화 속에서 살아남을 수 없다.
만족과 안주가 쇠퇴의 시작임을 명심해라.

뭔가 이루었다고 생각하는 순간부터 위기의식을 가져야 한다.
성공에서 안전함이라는 환상과 싸워야 한다.
위기의식이 없으면 온실의 화초처럼 안주하게 된다.
위기의식은 변화와 혁신의 원동력이다.
잠깐 동안만 승리를 기뻐한 뒤, 무엇을 더 잘할 수 있었는지,
무엇을 할 수 있고 해야 하는지를 생각해라.
긴장을 늦추지 않고 스스로 통제하면서 새로운 도전과 변화에 부응해라.

성공을 잘 관리하지 못하면 위험해진다.
과거의 성공이 오늘도 내일도 통할 거라고 생각한다면 자만이다.
과거의 성공이 오늘날의 경쟁에서 가장 큰 장애 요소가 될 수 있다.
과거에 성공한 방식을 고수하고 반복함으로써 변화와 혁신에 눈감으면
결국에는 패배의 나락으로 떨어지고 말 것이다.
자기 모방은 다른 사람을 모방하는 것보다 훨씬 위험하다.
더 이상의 혁신이나 창조가 없는 자기 모방은 고인 물처럼 썩게 마련이다.
끝없이 갈구하고 혁신하고 창조해야 한다.

성공은 여행이지 목적지가 아니다.
성공은 일순간의 대박을 뜻하는 것이 아니라 평생에 걸쳐 노력하는 과정이다.
어떤 목표에 도달하고 나면 또 다른 목표를 향해 가야한다.
하나의 목표 달성에 머무르고 지킬 생각만 한다면
지켜지지도 않을 뿐만 아니라 몰락이 시작된다.
정한 목표를 달성하고 나면 해이해지는 마음을 경계하면서
더 높은 목표를 정하고 도전해 나가야 한다.
성공은 더 큰 성공을 낳을 수 있지만,
성공에 만족하지 않는 경우만 그렇다.
중요한 것은 지금 성공했느냐가 아니라,
보다 더 큰 성공을 위해 무엇을 하고 있느냐 하는 것이다.

감자를 심는 부부. 1885. 스위스. 취리히 미술관

순간

삶이란 순간순간이 만들어나가는 연주다.
삶을 만들어가는 건 계속해서 이어지는 나날들이다.
시간 속에서 평화와 기쁨, 치유를 경험하며 하루하루를 만들어나간다.
하루하루의 날들이 삶을 이루듯,
매일의 일상을 만들어내는 건 순간의 시간들이다.
지금 이 순간으로부터 자신을 분리시킬 수 없고, 지금 이 순간만이
주어진 유일한 소중한 시간이며 자신이 무언가를 할 수 있는 때이다.
지금 이 순간이 삶의 놀이가 일어나는 시간이다.
지금 이 순간을 삶의 중심으로 삼고 소중하게 관리해라.

세상에서 가장 중요한 시간은 '지금 이 순간' 이고,
세상에서 가장 중요한 사람은 '지금 함께 있는 사람' 이며,
세상에서 가장 중요한 일은 '지금하고 있는 일' 이다.

지금 이 순간 할 수 있고 해야 하는 일이면 지금 해라.
아이디어가 떠올랐다면 즉시 메모하고,
악상이 떠올랐다면 지금 바로 오선지에 그리고,
주변 사람에게 "사랑한다" 고 말하거나 "미안하다" 고
말해야겠다고 마음먹었다면 바로 지금 해라.
지금 이 순간을 붙잡아라.

삶은 소유물이 아니라 순간순간의 있음이다.
삶은 순간순간이 마무리이자 새로운 시작이다.
지나간 모든 순간들과 작별하고, 다가올 미래에 연연하지 말고
지금 이 순간에 최선을 다해야 한다.
과거에 묶이거나 미래를 서두르다 보면 지금 이 순간을 놓치고 만다.
지나간 과거에 대한 동경이나 후회,
오지 않은 미래에 대한 기대나 걱정을 하지 말고 지금 현재에 집중해라.

삶의 모든 것은 지금을 중심으로 펼쳐져 있으며 연결되어 있다.
세상의 모든 희망은 언제나 지금부터 시작된다.
지금은 가장 중요한 순간이며 다른 모든 날을 결정해 주는 순간이다.
지금의 작은 생각이나 행동이 과거의 어떤 큰 생각보다 중요하다.
미래는 지금 하고 있는 생각이나 행동이 결정한다.
지금 이 순간에 하고 있는 아주 작고 사소하고 의미 없어 보이는 일이
어떤 결과로 이어질지 아무도 모른다.

지금 이 순간에 무엇을 생각하며 하고 있는가?
되돌릴 수 없는 순간들 앞에서 최선을 다하는 것이
인생을 떳떳하게 하며 후회 없는 행복한 삶을 만드는 것이다.
지금 하고 있는 일에 집중해라.

삶은 순간순간의 행동으로 이루어진다.
인생은 어제 한 일에 의해서도, 내일 하는 일에 의해서도가 아니라
오늘, 지금 이 시간 이 순간에 생각하여 행동하는 바에 따라 정해진다.
순간을 잘 관리하여 잘나가는 인생이 되기도 하고,
잘못 관리하여 흔들리는 인생이 되기도 한다.
순간적으로 떠오른 아이디어나 악상樂想, 선택에 의해서
성공의 문에 들어서기도 하고
순간적인 말실수나 행동 실수로 패가망신하거나 나락으로 떨어진다.

순간순간마다 항상 깨어 있는 의식으로 자신의 모습을 자각하고,
하지 말아야 할 일은 하지 않아야 하고,
해야 할 일은 하겠다는 결심을 하고 올바르게 행동하는 것이 중요하다.
순간의 생각과 행동이 운명을 결정한다.
순간의 선택이 일생을 좌우한다.
순간을 관리해라.

술 마시는 사람들(다우미어 모작). 1890. 미국. 시카고 미술관

습관

'풍성한 거품, 상쾌한 개숫물, 뽀드득한 접시에서 행복을 느끼면
설거지가 습관이 되듯이, 술도 한잔이 또 한잔을 부르지요.'
미국의 어느 주부가 백일장에 응모한 시다.

버릇은 처음에는 보이지도 않는 거미줄처럼 가볍지만
머지않아 습관이 되어 생각과 행동을 묶는 밧줄이 된다.
습관의 사슬은 거의 느낄 수 없을 정도로 가늘지만,
깨달았을 때는 이미 끊을 수 없을 정도로 완강하다.
습관은 제2의 천성이다. 습관이 운명의 연결고리다.
생각이 말이 되고, 말이 행동이 되고, 행동이 습관이 되고,
습관이 인격이 되고, 인격이 운명이 된다.
생각하고 행동하고 성취하는 모든 것들이 습관의 결과다.

처음에는 자신이 습관을 만들지만, 그 다음에는 습관이 자신을 만든다.
행동은 한 번 하면 두 번째 하기는 너무 쉽다.
습관이 되면 밥 먹고 잠드는 일처럼 자연스러워진다.
인사하는 습관, 옷 입는 습관, 책 읽는 습관, 돈 쓰는 습관,
상대의 이야기를 진지하게 듣는 습관, 상대의 입장을 배려하는 습관,
어려움에 처한 사람을 보면 감싸고 도와주는 습관, 사물을 관찰하는 습관 등,
헤아릴 수 없이 많은 습관이 모여서 인격을 만든다.

습관은 삶의 동반자로 조력자이기도 하지만 무거운 짐이 되기도 한다.
습관은 충성스런 하인이 될 수도, 난폭한 폭군이 될 수도 있다.
습관은 성공한 사람의 하인이며, 실패한 사람의 주인이다.
습관이 성공으로 이끌기도 하고 실패의 나락으로 떨어뜨리기도 한다.
어떤 습관을 들이느냐에 따라 성공과 실패를 결정짓는다.

좋은 습관은 인격을 바꾸어 놓지만 나쁜 습관은 숙명이 된다.
나쁜 습관을 버리고 좋은 습관을 가져야 한다.
좋은 습관은 축복이지만 나쁜 습관은 비극이다.
좋은 습관은 어렵게 형성되지만 성공으로 이끌고,
나쁜 습관은 쉽게 형성되지만 실패로 이끈다.
자신이 가진 습관이 실패가 아닌 성공으로 이끌 수 있도록 해라.
인생을 보다 낫게 변화시키고 싶다면 지금 즉시 좋은 습관을 길러라.

습관에 지배당하지 않고 습관을 정복하는 데 인생의 성공이 있다.
습관을 지배하지 않으면 습관이 자신을 지배한다.
좋은 습관은 확고하고 강력하게 자신의 몸에 배게 해야 한다.
습관은 습관으로만 정복된다.
나쁜 습관은 경쟁이 되는 새 습관을 길러야 한다.
좋은 습관으로 바꾸기 위해서는 하기 싫은 일을 해야 한다.

평범한 습관이 모여 비범한 운명을 만든다.
작은 습관의 차이가 인생을 가른다.
성공은 작은 습관이 쌓여 이루어진 건축물이다.
작은 것, 쉬운 것부터 시작하면서 행동을 다스리라.
새로운 습관은 새로운 운명을 열어준다.

사소한 작은 습관이 누적되어 대단한 습관을 얻게 된다.
대단한 습관은 하루아침에 얻게 되는 것이 아니다.
매일 조금씩 마음의 근력 훈련인 좋은 습관을 단련시켜라.

성공하는 사람은 훌륭한 습관을 지니고 있다.
좋은 습관을 길들여야 성공할 수 있다.
성공을 꿈꾼다면 나쁜 버릇은 빨리 고쳐야 한다.
성공한 사람은 실패하는 사람이 어쩌다 하는 일을 매일한다.
매일하는 일을 좋은 습관으로 바꾸면 성공할 수 있다.
좋은 습관을 길러 몸에 착 붙어 배게 해라.

일과를 마친 저녁(밀레 모작). 1889. 일본. 고마키 메나드 미술관

시간

시간이 삶을 지배한다.
시간은 곧 인생이다. 시간은 인생을 구성하는 중요한 재료이기 때문이다.
시간에 의해 살고, 또 시간 속에서 살아가고, 생을 마친다.
시간이 배급되어 있다는 것은 기적이다.
시간은 누구에게나 공평하게 주어진 자본금이다.
아침에 눈을 뜨면 마술과 같이 24시간이 가득 차 있다.
선물 같은 1,440분, 86,400초를 매일 받는다.

시간은 여분의 재산 중에서도 가장 소중한 재산이다.
시간은 빌릴 수도, 고용할 수도, 구매할 수도,
더 많이 소유할 수도 없는 독특한 자원이다.
오늘은 어제 하직한 이들이 그토록 갈망했던 내일이다.
시간이란 한번 가버리면 다시는 돌아오지 않는다.
주어진 삶의 시간은 한정되어 물처럼 바람처럼 흘러간다.

나이를 먹을수록 주어진 삶의 시간은 계속해서 줄어들고
이에 반비례하여 시간의 가치는 점점 더 높아진다.
이 세상에서 가장 정확하고 엄격한 것이 시간의 흐름이다.
시간은 과속으로 달리는 법도 없고 속도를 늦추거나 지체하는 일도 없다.
인생이란 흘러가는 시간을 어떻게 보내느냐에 달려있다.

살아 있는 한 시간은 흐르고 모든 것은 지나간다.
인생은 단 한 번뿐이다.
시간을 소중히 해라.

1년의 소중함은 1년 동안 시험 준비해 낙방한 사람한테 물어보고,
한 달의 소중함은 한 달 부족한 미숙아를 난 산모에게,
1주일의 소중함은 주간지 편집장에게,
하루의 소중함은 하루 벌어서 하루 먹고사는 가장에게,
한 시간의 소중함은 애인을 위해서 한 시간을 기다려야 하는 사람에게,
1분의 소중함은 1분 차이로 비행기를 놓친 사람에게,
1초의 소중함은 1초 차이로 대형 참사를 모면한 사람에게,
1/10초의 소중함은 올림픽에서 은메달을 딴 사람에게 물어봐라.

돈을 꾸어 달라고 하면 주저하면서, 놀러 가자면 보다 쉽게 응한다.
돈보다 시간을 빌려주는 편은 아주 관대하다.
돈을 아끼듯 시간을 아끼면 많은 일을 할 수 있다.
적절한 시간 활용은 자기 수양이며 자기 발전이다.
어떤 사람은 성공하고 어떤 사람은 낙오자가 되는 것은
시간을 잘 활용했느냐 허송세월을 보냈느냐에 달려 있다.
시간의 가치를 깨달아라.

시간을 잘 이용한 사람이 성공한다.
기쁘고 행복한 하루, 반면에 덧없는 하루는 시간관리 결과다.
시간을 재미있게 느끼게 하는 것은 활동이다.
시간을 견딜 수 없이 지루하게 하는 것은 게으름이다.
덧없이 보낸 시간은 아무리 후회해도 다시 오지 않는다.

시간은 체계적으로 사용함으로써 아낄 수 있다.
시간을 철저하게 활용하지 못하는 습성에 물들지 마라.
시간의 낭비는 인생의 낭비다.
인생을 사랑한다면 시간을 낭비하지 마라.
'시간 부족' 이란 말은 없다.
너무 바쁘다고 한다면
더 바쁘면서 더 많은 것을 해내는 사람이 아주 많다는 것을 기억해라.
더 많은 시간을 가진 것이 아니라 효과적으로 사용하는 것뿐이다.
효과적으로 시간을 사용하는 것은 운전처럼 배울 수 있는 기술이다.

시간 엄수는 의무이며 시간 약속을 지키지 않으면 신뢰가 깨진다.
상습적으로 지각하는 사람에게 규칙적인 것은
지각밖에 없으며 성공에서도 상습적으로 뒤쳐진다.
시간을 지키지 않는 사람에게 중요한 일을 맡기지 마라.

아를의 눈 내린 겨울. 1888. 개인 소장

시련

엄마 매화나무가 어린 매화나무에게 "겨울바람을 참고 견뎌야 한다.
우리 매화나무들은 살을 에는 겨울바람을 이겨내야만
향기로운 꽃을 피울 수 있단다"라고 말했다.

겨울 추위가 심한 다음에 오는 봄의 푸른 잎은 한층 푸르다.
바람이 거세어도 머지않아 꽃은 피어나고,
살이 에이고 아파도 꽃향기는 깊어져 멀리 퍼져나간다.
꽃과 열매는 비바람, 천둥, 벼락, 무서리, 땡볕의 시련을 견딘 결실이다.
추운 겨울을 보낸 봄 나무들이 더 아름다운 꽃을 피우듯이
사람도 시련에 단련된 후에야 비로소 제값을 한다.
시련에 직면했을 때 빛을 발하고 향기를 내뿜어라.

인생은 평화와 행복만이 아니라 온갖 시련이 점철된다.
바다의 파도처럼 인생의 시련은 무시로 다가온다.
음지는 없고 양지만 있는 삶, 슬픔은 없고 행복만 있는 삶,
시련은 없고 즐거움만 있는 삶은 인간의 삶이 아니다.
인생의 목적은 끊임없는 전진이지만
앞에는 언덕이 있고, 냇물이 있고, 진흙도 있다.
항해하는 배가 풍파를 만나지 않고 잔잔하기만을 기대한다면 착각이듯이
인생의 풍파는 전진하는 자의 벗이다.

신은 큰일을 하려는 사람에게 먼저 시련을 경험하게 한다.
신은 인정하고 사랑하는 사람에게 시련을 주어 시험하고 단련시킨다.
하늘이 장차 큰 사명을 주려할 때는 먼저 시련을 주어
담금질하여 하늘의 사명을 감당할 만하도록 역량을 키우기 위함이다.
신은 감당할 만한 정도의 시련을 안긴다.
시련은 능력을 시험하기 위해 주어진 것이다.

시련은 약한 것에 강하게 되고 두려운 것에 용감하게 맞서고
지혜로 혼란을 극복하라고 가르친다.
시련을 없게 하는 것이 아니라 극복할 의지를 달라고 기도해라.

시련은 사람의 진가를 알 수 있는 시금석이다.
비관론자는 시련에 있는 문제점만을 보고 굴복하지만
낙관론자는 시련에 감추어져 있는 기회를 찾아내어 선용한다.
시련에 직면하여 초조와 불안에 휩싸여 허둥대지 마라.
담대한 낙관주의와 긍정적 사고로 기회로 반전시켜라.

인생이 시련에 직면했을 때 극심한 고통의 나락으로 떨어지기도 하지만
간절함과 절실함으로 내면에 있는 강력한 힘이 드러난다.
시련은 자신의 존재를 인식하여 위치를 결정하고 규정하는 계기가 된다.
시련은 성장의 기회다.
용기와 지혜와 잠재력을 일깨우고 감춰져 있던 재능을 발현시킨다.
통찰력이 생기고 영감이 떠오르게 한다.
시련은 삶을 흔들면서 현 상태에 머무르지 못하게 한다.
벗어나기 위해 몸부림치면서 여러 방법을 모색하고 시도한다.
지금 무언가를 해야 하게 하며 새로운 길을 향해 나아가게 한다.

시련은 사람을 강하게 만드는 도구다.
시련은 단련의 기회다.
짓밟힘을 당하고 윤이 나는 자갈이 되는 것과 같다.
시련을 통해 강해지고 비전이 분명하게 되면서 목표가 이루어진다.
쉽고 편안한 환경에선 강한 인간이 만들어지지 않는다.
시련을 통해서만 강한 영혼이 탄생한다.

시련은 두려워하고 피해야 할 대상이 아니라,
담대하게 마주해야 할 귀중한 선물이다.
시련과 직면하여 극복해라.

슬픔에 찬 노인. 1890. 오테를로. 크롤러 뮐러 미술관

실패

격렬하고 정신없는 놀이인 인생에서 실패하지 않는 사람은 없다.
목표를 향해 최선을 다해도 실패할 때가 있다.
실패는 신이 내린 선물이다.
인간은 실패가 허락된 유일한 창조물이다.
신이 다시 일어서는 법을 가르쳐 더 멀리 가게 하려고,
더 큰 뜻을 품게 해서 더 크게 쓰려고,
쓰러뜨림이라는 일시적인 고통을 안겨주었다고 위안해라.
성급해서 참고 기다리지 못할 뿐이지
신은 결코 부축이나 도움의 손길을 늦추지 않는다.
신이 인간의 극복하는 능력을 시험하기 위해 쓰러뜨렸다고 여겨라.

가끔씩 잘못된 결정을 내리는 것이 자연스러운 인생이다.
언제나 옳은 결정을 하는 사람은 아무도 없다.
실패한 것을 스스로를 비난하고 자학해서는 안 된다.
실패가 족쇄가 되지 않게 해라.
실패에서 다시 일어서야 하는 것이 인생이다.
넘어지지 않고 달리는 사람에게는 박수를 보내지 않는다.
넘어졌다가 일어나 다시 달리는 사람에게 박수를 보낸다.
인생에서 중요한 것은 실패하지 않는 것이 아니라
실패해도 좌절하지 않고 다시 일어나는 데 있다.

실패란 아무것도 성취하지 못했다는 걸 의미하는 것이 아니라
무엇인가 새로 배웠음을 의미할 뿐이다.
실패를 자학하는 사람은 새로운 것을 배우기 힘들다.
새로운 내일을 계획하고 지금 할 일을 찾아야 한다.
'하지 못했던 것' 을 후회하기보다는 자신이 '할 수 있는 것' 을 해야 한다.

성공한 사람의 뒤에는 그만큼 아니, 그 이상의 실패가 자리하고 있다.
인간은 쉬운 싸움에서 이기는 것보다
어려운 싸움에서 패배하면서 비로소 성장한다.
큰 성공은 넘어질 때마다 일어나는 사람에게 오는 것이다.
작은 성공은 실패 없이도 가능하지만
큰 성공 뒤에는 항상 쓰라린 실패가 있게 마련이다.
실패를 실험이라고 생각해라.
실패는 성공의 과정이며 투자다.

실패하지 않는 유일한 길은 아무런 시도도 하지 않는 것이다.
성공하는 사람은 실패하지 않는 사람이 아니라
포기하지 않고 또 다시 도전하는 사람이다.
실패 후에 좌절하느냐 일어서느냐 하는 것이 성공과 패배를 결정한다.
실패에 굴복하지 말고 다시 일어나 뛰어라.

실패에서 다시 일어나라는 것은 계속 매달리라는 것이 아니다.
산산조각난 항아리라면 새 항아리를 가지고 물을 길어야 한다.
산산조각난 항아리를 다시 붙이는 것은 헛된 노력이다.
어쩔 도리가 없거나 결론이 난 일은 다시 시도할 필요가 없다.
버린다는 것은 다시 시도하는 것만큼 중요하다. 버릴 것은 버려야 한다.

신은 한쪽 문을 열어 놓고 다른 쪽 문을 닫는다.
닫힌 문을 너무 쳐다보면 열려 있는 등 뒤의 문을 보지 못한다.
버리고 더 나은 방향을 찾아 나갈 수 있어야 한다.
버리고 떠난다는 것은 포기하는 것이 아니라 움직이는 것이며
꿈을 실현하기 위한 방향 전환이다.
삶의 방향키를 바꾸는 새로운 도전의 시작으로 용기이며 결단이다.

버리고 비어야 새것이 들어설 수 있다.
버리고 비우는 일은 적극적인 삶의 자세이며 지혜로운 삶의 선택이다.
때로는 포기란 단순한 포기가 아니라
더 큰 것, 더 나은 길로 가기 위해 감수하고 희생해야 할 부분이다.
투자한 것이 아까워서, 실패를 인정하기 싫어서
과거와의 단절을 해내지 못하는 경우가 많다.
가망 없는 일은 진작 그만둘 줄 알아라.

씨 뿌리는 사람(밀레 모작), 1881, 네덜란드, 릭스 미술관

실행

인생에서의 먼 여행은 머리에서 가슴까지의 여행이다.
머리로 이해할 수 있어도 가슴으로 절실히 느끼기는 어렵다.
이보다 더 먼 여행이 있다. 머리에서 발까지의 여행이다.
머리로 이해하고 가슴으로 느꼈지만 발로 실행하기는 어렵다.
미래는 지금 하는 행동에 따라 결정된다. 꿈은 행동으로 이루는 것이다.
꿈을 실행에 옮기는 것이 중요하다. 꿈을 꿀뿐만 아니라 실행해야 한다.
내일 무엇이 될 수 있는가에 대한 생각이
오늘 무엇을 할 수 있도록 인도해야 한다.

아는 것을 하는 것, 즉 실천하는 것이 힘이다. 말은 쉽다. 생각도 쉽다.
실천이 뒤따르지 않는다면 말도 생각도, 앎도 배움도 소용이 없다.
실천하지 않는 앎은 진정한 배움이 아니다.
생각이든 결심이든 실천이 없으면 아무 소용이 없다.
아무 것도 달라지지 않고 이루어지지 않는다.
실행이 없는 비전은 꿈에 불과하며, 비전이 없는 실행은 시간만 보내게 한다.
비전이 있으나 실행력이 약한 사람은 몽상가이며,
실행력은 있으나 비전이 없는 사람은 맹목적 실행자이고,
비전도 없고 실행력도 없는 사람은 방관자에 불과하다.
비전이 있는 실행이 성공의 전제조건이다.
경쟁자들이 어떻게 계획할지를 계획할 때 실행에 돌입해라.

큰 그릇 속의 효모 하나가 밀가루를 발효시키는 것처럼
작은 행동 하나가 성공으로 연결되어 새로운 인생으로 이끈다.
하지만 아무리 좋은 생각을 가지고 있어도 실천하지 않으면 소용이 없다.
시도하지 않으면 아무 것도 이룰 수 없다.

많은 사람이 실행력 부족으로 희망차게 목표를 세우지만
목표로 끝나고 말며 어떤 행동을 시도하려고 하지만 행하지는 않으며
계획을 세우지만 착수하지는 않는다.
실행이 뒤따르지 않는 사람의 말에는
형식적, 선언적, 이벤트성 멘트가 많다.
말과 실행을 일치시켜야 한다.
해야 할 일은 하기로 결심하고, 결심한 일은 반드시 행해라.

모든 일에 있어 가장 간결한 대답은 바로 '행동' 이다.
적극적으로 행동해야겠다는 생각이 들 때까지 기다리지 마라.
행동이 이치를 따져 분석하는 것보다 꿈에 더 가까이 가도록 해준다.
사람들은 하는 말보다 행동에 더 주의를 기울인다.
마음먹지만 행동으로 옮길 시간을 찾지 못한다면 굶어 죽을 때까지
먹고 마시고 자는 것을 하루하루 미루는 것과 다를 바 없다.
행동을 성공의 출발점으로 삼고 지금 바로 시작해라.

악마들이 인간을 가장 무능하게 만들 수 있는 것이 무엇인지 회의를 하자
“몸을 아프게 하는 병을 주는 것입니다”,
“어떤 일에나 실패하게 만드는 것입니다”라는 말이 나오자마자
한 악마가 “인간들 가슴에 미루는 마음을 심어두는 겁니다”라고 말했다.

지금 해야 할 일을 뒤로 미루는 사람에게 인생의 선물은 없다.
‘때가 무르익으면, 그럴 수 있는 상황이 오면’ 하고 미루다가
어느새 목표 자체가 사라져 버린다.
성공한 사람은 ‘오늘’이라는 손과 ‘지금’이라는 발을 갖고 있지만
실패한 사람은 ‘내일’이라는 손과 ‘다음’이라는 발을 갖고 있다.
미루는 습관에서 벗어나라.

나중에 하지 않은 것을 후회할 것이 아니라 지금 시작해야 한다.
무언가 ‘되기be’ 위해서는 지금 여기서 무언가를 ‘해야do’만 한다.
지금 당장 실행에 옮겨라.
현대 사회는 생각의 속도까지 다투는 무한경쟁의 세계다.
올바른 방향을 정하고 빠르지 않으면 실패의 나락으로 떨어진다.
성공 여부는 직면하는 상황에 얼마나 빠르게 대처하느냐에 달려있다.
민첩성, 속도가 힘이며 경쟁력임을 명심해라.
신속한 행동력으로 세부적인 일까지 다루어라.

풍차들, 1881, 오테를로 크롤러 뮐러 미술관

Vincent

갈대를 태우는 농부. 1883. 개인 소장

열정

열정은 인생이란 기관차를 움직이는 힘이다.
물은 끓고 난 다음에 수증기를 발생시킨다.
엔진은 수증기가 발생하기 전에는 1인치도 움직이지 않는다.
열정이 없는 사람은 미지근한 물로
인생이라는 기관차를 움직이는 사람으로서 앞으로 나아갈 수 없다.

열정은 불속의 온기이며 살아있는 존재의 숨결이다.
열정은 인생의 동력이며, 능동적인 힘이고 행동력이다.
산다는 것은 진정한 의미에서 열정적으로 행동하는 것이다.
열심히 일하고, 열기 있게 생활하고, 뜨겁게 사랑하는 것이다.
'약간의 열정' 은 없다, 열정적이거나 않거나 둘 중의 하나이다.
용암처럼 솟구치는 열정을 가지고 뜨겁게 살아가라.

불타는 열정을 가진 사람은 어려움이 닥치든, 미래가 암담하든,
늘 스스로를 격려하면서 마음속에 간직한 꿈을 현실로 만들어낸다.
열정은 난관을 뚫고 나가게 하고.
변화를 창조하고 변화를 주도하는 원동력이다.
유익한 재능과 고무적인 자신감, 희망을 북돋우고,
기쁘고 즐거운 마음으로 업무와 의무 수행을 도와준다.
열정은 꿈을 가진 사람을 도와주는 힘이다. 열정을 더해라.

삶은 용감히 맞서 싸울 것을 요구하는 전쟁이다.
올바르게 발산하는 열정은 방향을 알려주는 표지판 역할이다.
인생에서 성공하려면 열정이 제공하는 힘이 필요하다.

지금 무엇에 미쳐 있는가?
파브르는 곤충에 미쳐 있었고, 포드는 자동차에 미쳐 있었고,
에디슨은 전기에 미쳐 있었고, 스티브잡스는 컴퓨터에 미쳐 있었다.
'미치지 못하면 미치지 못한다. 미쳐야 미친다' 는 불광불급不狂不及처럼,
미칠 정도의 열정 없이 이루어진 위대한 성취는 없다.
성공은 미친 사람의 것이다.
일에 미친 사람만이 무한경쟁 시대에 살아남는다.
미쳐야 아이디어가 나오고, 미쳐야 창조성이 발휘되고,
미쳐야 남과 다른 차이를 만들어낼 수 있다.

보통 사람은 능력의 25%를 일에 투여하면서 밋밋한 대접을 받지만,
세상 사람들은 능력의 50%를 쏟아 붓는 사람에게 경의를 표하고,
100%를 투여하는 극히 드문 사람에게 머리를 조아린다.
100% 자신의 능력을 투여하면서 미칠 정도로 몰입하기 위해서는
단순히 '마음먹기'만으론 부족하며 좋아하고 잘하는 일을 해야 한다.

렌즈가 불을 일으키는 힘은 집중에서 나온다.
초점을 유지 하는 것이 성공의 핵심이다.
어떤 능력을 갖추고 있든 초점을 통하면 업적을 남길 수 있다.
진정한 욕심쟁이는 많은 일이 아니라 소수의 일에 집중하는 사람이다.
자신의 능력 한계를 이해하고 에너지와 시간을 집중해야한다.
명확하고 일관된 초점 맞추기를 해라.

열 가지 일을 반쯤 하다 마는 것보다 한 가지 일을 완수해야 한다.
일을 할 때는 어떠한 일이든 오직 한 가지 일에만 집중해라.
전부 이룰 수 있을 것이라 생각하면 한 가지도 하지 못한다.

일을 할 때 마음을 집중할 수 없거나 집중시키지 않는 사람,
다른 것을 뇌리에서 쫓아내지 못하거나 쫓아내지 않는 사람은
일이 아닌 놀이에서도 마찬가지 경험을 하게 되어 있다.
일도 제대로 할 수 없고 놀이에서도 만족감을 얻지 못한다.

일의 승부는 양量이 아닌 집중된 에너지에 의해 결정된다.
달성하려고 한다면 첫째도, 둘째도 집중, 또 집중해야 한다.
집중하지 못할 일은 과감하게 포기해라.
한 번에 한 가지 일에 집중하여 전심전력을 쏟아라.

벽을 바라보는 여인. 1887. 개인 소장

욕망

욕망은 무엇을 가지고자, 누리고자, 하고자 간절히 바라는 마음이다.
삶에 있어서 욕망을 품는다는 것은 필연적이다.
삶을 행복하고 유익하게 하려는 욕구는 기본적 욕구 이상의 것이다.
식욕이나 성욕과 같은 본능적 욕망과
명예욕이나 성취욕, 소유욕, 같은 사회적 욕망이 있다.
욕망이 이루어지면 만족감이나 행복감을 느끼고,
이루어지지 않으면 불쾌감, 좌절감, 번뇌 등을 느낀다.

사람은 욕망을 본능적으로, 무의식적으로 추구하기도 하고
분별력과 지혜를 발휘하여 의식적으로 추구하기도 한다.
욕망의 추구는 삶을 풍요롭게 하므로 바람직한 욕망을 가져야 한다.

욕망은 삶의 원동력이다.
욕망은 어떤 특정한 행동을 하도록 추진하는 동력이다.
인간의 노력은 욕망의 성취와 관련이 되어 있다.
욕망이란 인간의 삶의 안정과 행복의 증진을 위하여 꼭 있어야 하며
지속적으로 다듬어 나가야 한다.
인간의 욕망을 계발함으로써
창의적이고 개성적인 인간의 창조, 사회의 발전이 가능하다.
욕망을 억제할 것이 아니라 인정하고 발산시켜라.

욕망이란 원하는 일에 대한 열정과 행동이다.
인생을 더 나은 방향으로 이끄는 힘이다.
더 나은 인생을 위해 자신을 발전시키고자 하는 욕심이며 원동력이다.

삶의 근본적인 힘은 꿈을 이루고자 하는 욕망이 있기 때문이다.
성공을 위해서는 자신이 무엇을 바라는지 욕망을 알아야 한다.
욕망이란 씨앗을 마음에 심어야 한다.

욕망의 추구가 무한정 허용될 수는 없다.
인간은 추구하던 욕망이 채워지면 거기에 만족하는 것이 아니라
또 다른 욕망을 추구한다.
인간의 욕망은 무한하므로 적절하게 억제하지 않으면
개인만이 아니라 주위나 조직, 사회까지도 큰 피해를 준다.

인간이 욕망을 무절제하게 분출하면
약육강식의 논리로 무절제와 무분별이 판을 치게 된다.
수많은 전쟁과 살육, 개인과 집단의 이기주의, 자연 환경의 파괴,
마약, 도박, 사치, 충동, 향응과 수뢰 등 타락 현상의 근원에는
욕망의 무절제라는 문제가 내재되어 있다.
욕망의 과도한 추구로 인한 타락과 파멸의 가능성을 경계해야 한다.

인간의 욕망을 제거하는 것만이 능사가 아니다.
욕망을 완전히 제거한다면 가난과 질병의 퇴치,
안락한 물질적 조건의 획득과 향상을 통한
사회적 환경의 개선이 이루어질 수 없다.
욕망이 있기 때문에 사회적 환경이 개선되고 발전된다.

욕망을 절제하여 함께 공존하면서 나갈 수 있는 공동선을 추구해야 한다.
사회가 유지될 수 있는 것은 개인의 내적 욕망이 타인과의 관계 속에서
절제되고 조화를 이루는 쪽으로 승화되기 때문이다.

욕망은 잘 조절하여 활용하면 삶의 동력이 될 수도 있고,
조절하지 못한 상태로 탐닉하면 괴로움의 뿌리가 될 수도 있다.
욕망이란 인간의 삶의 안정과 행복의 증진을 위해 꼭 있어야 될 뿐 아니라
절제하고 지속적으로 다듬어 나가야 한다.

알제리 주아브 용병, 1888, 암스테르담, 반 고흐 미술관

용기

신은 대담한 자의 편에 선다.
용기가 있는 곳에 승리가 있다.
대담한 용기 속에 재능이 발휘되는 신비함이 있다.
용기는 인간의 영혼을 이루는 요소 중에서 고귀한 부분이다.
인간은 양면을 지니고 있다.
삶의 여러 상황에서 두려움을 느끼면서 용기도 함께 자리하고 있다.

용기는 두려움이 없는 게 아니고, 공포를 모르는 게 아니다.
두려움을 극복하고 공포를 억누르면서 행동하는 것이다.
용기는 말이 아니라 행동으로 보이는 것이다.
용기를 가지고 일하면 일을 가치 있게 해낼 수 있고 성장할 수 있다.
용기는 빠르고, 강력하며, 공세적인 행동을 취하는 것이다.
용감한 자는 옳다고 믿는 것을 실천하며, 결과를 의연하게 감수한다.

시합에서 이기고 지는 것은 간발의 차이다.
한 발짝만 더 전진하거나 5분만 용감하게 버티면 이길 수 있다.
용기가 있는 곳에 승리가 있으므로 용기를 가지고 전진해야한다.
검이 짧다고 불평하지 말고 한 걸음만 더 앞으로 나아가라.
두려워하지 말고 늠름하게 나아가라.
다윗처럼 당당히 앞으로 나아가 골리앗을 맞이해라.

용기 있는 사람만이 가슴 뛰는 삶을 살 수 있다.
영웅적인 용기만이 아니라 일상에서도 용기를 발휘할 수 있다.
유혹에 맞설 수 있는 용기, 사실을 말할 수 있는 용기,
가진 부의 범위에서 정직하게 살아가는 용기이다.

용기는 변화의 자극 요인이며, 아이디어를 창조한다.
용기로 무장한 열렬한 기대가 가능성을 현실로 변화시킨다.
용기를 기르는 방법 중 하나는 성취했을 때 누리게 될
보상과 혜택을 상상해 보는 것이다.
성취했을 때 얼마나 즐겁고 많은 것을 얻을지를 생각하면 할수록
에너지가 솟아나고 용기가 용솟음칠 것이다.

용기는 새로운 행동을 하는 것이다.
용기는 실천을 통해 길러질 수 있는 덕목이다.
목표를 명확히 세우고, 구체적인 계획을 잡고,
과감히 실천하는 것이 용기를 발휘하는 출발점이다.
용기는 하나의 습관이다.
두려움을 깨뜨리고 용기를 기르는 습관을 가져야 한다.
용감하게 행동함으로써 용기를 키울 수 있다.
최선의 방법을 찾아 용기를 가지고 행동에 옮겨라.

삶이란 어떤 일이 생기느냐에 따라 결정되는 것이 아니라
어떤 태도를 취하느냐에 따라 결정된다.
시련을 당하거나, 실패했을 때 용기를 가지고 행동으로 옮겨야 한다.
용기는 시련이나 실패, 위기나 변화에 봉착했을 때 솟구치는 에너지이며,
좌절하거나 흔들리지 않는 온전한 의지이다.
의지가 곧은 사람은 단단한 버팀목인 용기에 의지한다.

용기가 없으면 시련이나 실패를 당했을 때 당황하고 겁을 먹는다.
용기를 갖춘 사람은 그 의연함에 주변 사람도 안정을 찾는다.
그 사람이 얼마나 의지가 강한가는
시련 속에서 얼마나 용기를 발휘하느냐의 여부에 달려있다.
시련이라는 절체절명의 상황을 극복하기 위해서는
때로는 대담무쌍함이 요구되는 데 반드시 필요한 것이 용기이다.

시련의 상황에서 용기 있게 맞선다고 해서 극복이 보장되는 건 아니지만
두려움에 굴복하여 용기를 발휘하지 못한다면
확실하게 시련의 나락으로 떨어지는 것을 보장받는다.
시련이 닥쳤을 때에는 두려움을 떨치고 용감하게 맞서야 한다.
용기를 발휘하여 시련과 지독하게 싸워야 한다.
두려워하지 말고 용기를 가지고 늠름하게 앞으로 나아가야 한다.

누에넨의 교회, 1884, 암스테르담, 반 고흐 미술관

용서

용서는 곧 사랑이다. 고결하고 아름다운 사랑의 형태이다.
용서는 갇힌 에너지를 내보내 선한 일에 쓸 수 있게 한다.
용서의 실천은 자신과 세상을 치료하는 데 중요한 기여를 한다.
사랑이 없는 사람은 쉽게 용서하지 못한다.
용서는 평화와 행복을 그 보답으로 준다. 용서함으로써 행복해라!

용서는 쉬운 일이 아니다.
원한에 맺힌 이를 용서한다는 것은 말처럼 쉬운 일이 아니다.
상처는 깊고 오래 간다.
상처를 안겨 준 이에 대한 감정의 골은 쉽게 지워지지 않는다.
사랑을 배반한 과거의 연인, 은혜를 원수로 갚는 사람,
불의와 부정을 저지른 사람이 살아가는 모습을 상상하면
용서가 아닌 미움과 복수의 감정이 앞선다.

복수는 더 큰 불행을 낳는다.
성급한 복수가 고통의 근원이 되며
자신이 행한 복수를 기뻐하는 마음이 비탄으로 변할 수 있다.
복수는 일시적인 쾌감을 줄지는 몰라도 죄의식을 남긴다.
복수에서의 승리는 영원한 승리자가 아니다.
용서를 선택해라.

용서는 값싼 것이 아니며 삶 속에서 실천하는 큰 수행이다.
용서는 마음의 문을 닫아걸고 있던 걸쇠를 푸는 일이다.
용서하는 마음은 상처 준 사람을 받아들이는 마음이다.
용서는 양심의 쇠사슬에 묶여있던 가해자를 안심시키는 일이다.
상처를 준 사람을 어떻게 놓아줄 수 있는가?
용서하는 것만이 놓아주는 유일한 방법이다.
상처를 준 사람을 마음에서 놓아주라.
용서를 구할 때까지 기다리지 마라.

용서는 상대를 위한 것이기도 하지만
자신 안에 내재되어 있는 분노와 불평으로부터 자유로워지는 것이다.
용서하지 않으면 분노를 되새김질하게 되고
과거의 기억과 상처에 매달리면서 자신의 노예가 되는 것이다.
용서하지 않고 상처에 집착하면 마음의 평화가 깨진다.
분노와 미움이 독이 되어 건강을 해친다.
용서는 마음의 상처를 치료하면서 건강해진다.
용서는 자신을 위해 상처를 떨쳐버리는 것이다.
세상과 타인에 대한 원망과 집착을 벗어날 때 홀가분한 것처럼
용서하면 화가 녹아내리고 상처가 아물어 평온을 되찾는다.
용서는 자신에게 베푸는 은혜이며 사랑이다.

용서는 과거의 상황이 현재를 지배하지 않도록 가르친다.
용서를 거부하면 현재는 끝없이 과거에 얽매이게 된다.
그 순간 상처받았던 과거에 삶을 통째로 얽어매놓고는
자신의 존재를 규정하고 갉아먹도록 방치해둔다.
그 상처를, 그 모욕을 끌어안고 틈만 나면 골몰한다.

어리석은 사람은 용서하지도 않고 잊지도 않는다.
평범한 사람은 용서하고 잊는다.
현명한 사람은 용서는 하되, 잊지는 않는다.
용서는 과거를 잊어버리는 것이 아니라 오히려 기억해야 한다.
용서는 과거를 인식하면서 미래로 나아가는 징검다리이다.

맺힌 것을 풀고 자유로워지면 세상 문도 활짝 열린다.
용서는 세상의 모든 존재를 향해 나아갈 수 있게 한다.
맺히고 막힌 관계를 풀고 어깨동무하며 함께 가야 한다.

용서는 인간관계의 아름다운 마무리이다.
용서를 통해 새로운 인간관계가 이루어진다.
과거를 털어내고 새로운 미래를 향해 건너가라.

꽃을 문 젊은 남자. 1890. 개인 소장

웃음

웃음은 영혼의 음악이다.
얼굴은 마음의 움직임과 상태를 예민하게 반영하는 부분이다.
웃는 얼굴은 보석이며, 찡그린 얼굴은 오염 물질이다.
웃음은 인생이라는 토스트에 바른 잼이다.
잼이 빵의 풍미를 더해주고, 마르지 않게 하여 삼키기 쉽게 해주듯이
웃음은 삶에 맛을 더해주고 메마르지 않게 하며
즐겁게 살만한 세상이 되게 해준다.

웃음은 아무리 웃어도 비용이 들지 않고 줄어들지 않는 보물이다.
행복하기 때문에 웃는 것이 아니라 웃기 때문에 행복해진다.
웃음은 삶에 화를 쫓아내고 복을 부르는 기적을 가져오는 열쇠다.

웃음은 내면에 있는 긍정 에너지가 발현되는 것이다.
웃음은 뇌에서 생성되는 호르몬인 엔케팔린과 엔도르핀을 분비시켜
고통과 긴장, 우울증을 없애 준다.
웃음은 삶의 어려움을 이겨내게 하는 처방전이다.
인생이 아무리 힘겹게 느껴지더라도 웃을 수 있다면 이겨낼 수 있다.

웃음 없는 하루는 그냥 하루를 낭비하는 것이다.
삶과 자신에 대해 웃을 수 있는 사람이 돼라.

웃음은 자신과 상대방을 밝게 만드는 마술이다.
매력적으로 웃는 얼굴은 자신과 상대방의 마음까지 행복하게 만든다.
웃음은 사람을 다가오게 하는 마력이 있다.
웃는 사람은 개방적이고 친절하며 즐겁고 행복한 사람이라는
좋은 이미지를 주면서 상대방 마음의 문을 열게 한다.

웃음이란 무조건 밝고 좋은 것이란 고정관념을 갖지 마라.
볼품없이 지나치게 큰 소리로 웃는 것은 하찮은 일에서밖에
기쁨을 찾지 못하는 사람이라는 것을 증명하는 꼴이다.
툭하면 껄껄대고 웃는 것은 천박하다는 것을 내보이는 짓이다.
보기 싫게 박장대소하지 마라.

쓸데없는 얘기를 하면서 웃지 말아야 한다.
실실 웃으면서 얘기하면 상대방에 대한 비웃음으로 오인된다.
천한 장난이나 시시한 일을 보고 깔깔거리고 웃지 마라.
분별 있는 사람은 천박하게 웃기지도 않고, 웃지도 않는다.
웃더라도 될 수 있는 한 소리를 줄이고 미소 짓는다.
웃을만한 가치가 있을 때
마음이 풍요롭고 표정이 밝은 자연스러운 웃음을 지으라.

유머감각은 재능이다.
유머를 구사하는 사람은 관대함과 여유를 느끼게 한다.
유머는 원활한 대화와 좋은 인상을 남길 수 있는 기제이다.
유머감각이 있는 사람은 자신을 주목하게 만든다.
유머를 발휘하여 온화함을 보이면 사랑을 받는다.

유머감각은 조금만 다르게 보고,
조금만 관심을 기울이면서 노력하면 일취월장할 수 있는 분야다.
유머감각을 발휘해라.
유머는 개방적이고 유연한 내면에서 배어나와
사고의 창의성과 유연성을 보여 주어야 한다.
유머는 타인을 기쁘게 하기 위해서 사용하고
마음을 상하게 하기 위해서는 사용하지 마라.

잘 담근 간장이나 소스도 그것만 먹으라면 괴로워진다.
유머는 어디까지나 양념이 되어야 한다.
품격 있는 유머가 아닌 분별없는 익살을 많이 떨면
진지하게 말할 때도 믿지 않는다.
항시 익살꾼의 역할을 하는 것보다 더 부적당한 것은 없다.
품위 있는 유머감각의 소유자가 아니라 익살꾼이라는 평판을 듣지 마라.

여자 양치기(밀레 모작), 1889, 이스라엘, 텔아비브 미술관

의무

더불어 살아가야 하는 인간이 마땅히 해야 할 일이 의무다.
삶의 고차원적인 목적지이고 목표이며 옳은 일을 행하게 하는 원천이다.
의무감은 고결한 태도로서 일시적인 감정이 아니라
생활 전반에 널리 퍼져 있는 원칙이다.
행동과 행위로 나타나고 인간의 양심과 자유의지에 의해 결정된다.
단호히 행동하고 자발적으로 노력해야 갚을 수 있는 것이 의무다.

의무감은 정신을 구성하고 있는 요소들을 하나로 접합시키는 접착제다.
의무감을 상실하면 지성, 진실, 행복, 사랑 자체가 사라진다.
정신을 구성하고 있는 기존의 요소들 모두가 무너져 황폐화된다.

의무는 인생 전체를 둘러싸고 있다.
출생과 동시에 시작되어 죽음과 함께 끝난다.
의무의 영역은 끝이 없으며 삶의 단계마다 존재한다.
자신의 의무를 정확히 이해하고 충실히 수행해야 한다.
윗사람 · 아랫사람 · 동등한 사람에 대한 의무 등이다.
인생의 진정한 기쁨은 의무를 다했음을 깨닫는 데서 비롯된다.
의무를 다할 때 만족감을 느낄 수 있다.
의무를 다한 사람은 결코 후회하거나 실망하지 않는다.
의무에 충실해라.

의무를 수행한다는 것은 스스로를 헌신하는 것이다.
어떠한 상황에 처하든 의무를 다한다는 것은 삶의 본질이다.
특정한 효과를 노리고 의무를 수행해서는 안 된다.
보상을 생각하지 말고 마땅해 해야 할 일에 최선을 다해 수행해야 한다.

의무감이 강한 사람은 무엇보다 말과 행동이 진실하다,
옳은 것을 옳은 방법으로 옳은 시기에 말하고 행한다.
의무를 이행하지 않는 행동은 진실할 수 없다.
의무감은 옳은 일을 행하고 그릇된 일을 하지 못하게 하여
인생길을 평탄하게 한다.
인격과 학습 및 권위에의 순종을 돕고,
정직하고 친절하며 진실하게 살아갈 수 있는 힘을 준다.
유혹에 저항하면서 악을 행하지 않고 선을 행하고자 노력할 때
조금씩 자신이 되고자 하는 사람이 되어간다.

의무감은 삶의 버팀목 역할을 한다.
어려움을 극복할 힘과 목표한 바를 이루어낼 힘,
쓰러지지 않도록 지탱해주며 사람을 강하게 만든다.
의무감이 없으면 시련이나 유혹이 닥치는 순간 흔들리며 쓰러진다.
의무감으로 무장하고 있으면 강해질 수 있고 용기를 발휘할 수 있다,

합승마차, 1888, 개인 소장

길을 걷는 두 사람 1890 오테를로 크뢸러 뮐러 미술관

인간관계

인생의 중요한 전환점은 인간관계에서 생긴다.
인간은 기쁨, 슬픔, 성공, 실패를 함께 나눌 수 있는
가족, 친구, 애인, 동료가 필요하고 중요하다.
자기 자신으로만 존재할 수 없다.
다른 사람들과 상호 교류하며 살아가야 한다.
인간관계에 있어서 많은 사람들이 뭔가를 얻기 위해 시작하지만
인간관계가 지속되기 위해서는 무언가를 얻는 것이 아니라
무언가를 주는 것으로 바라봐야 한다.
얻으려 하지 말고 먼저 주어라.

인간관계는 춤을 추듯 리듬을 타고 상대를 배려해야 한다.
상대의 스텝에 자신을 맞추어야 원활하게 잘 이루어진다.
상대에 대한 존중과 배려로 훈훈한 인간관계를 유지해라.

인간관계를 깨트리는 요소는 비판과 경멸, 변명과 책임회피다.
상대방의 장점보다 단점이 먼저 보이면 인간관계에서 실패한다.
상대방의 장점을 먼저 보는 연습은 좋은 인간관계의 씨앗이다.
인간관계가 좋지 않다면 스스로에게 물어보라.
비판을 많이 하고 자주 비웃거나 경멸하는 태도는 없는지,
변명으로 일관하거나, 책임을 회피하는지 살펴보라.

물은 어떤 그릇에 담느냐에 따라 모양이 달라지지만,
사람은 어떤 사람을 만나느냐에 따라 운명이 결정된다.
인간관계가 성공의 핵심이다.
누군가를 알고 자신에 대해 긍정적으로 생각하는 사람이 늘수록
성공할 기회가 늘어난다.
좋은 인간관계를 많이 가질수록,
도움이 되는 사람을 많이 알아둘수록 성공할 가능성이 커진다.

성공의 열쇠는 더 많은 더 나은 인간관계를 쌓아가는 것이다.
더 많은 훌륭한 사람들에게 알려지고 존중을 받는 것이다.
개인적으로만 노력하여 가능한 성공은 존재하지 않는다.
인간관계를 질적 양적으로 좋게 갖는 것이 중요한 성공 결정 요인이다.
원대한 목표를 이루고 싶다면 다른 사람들과 많이 접촉하고 협력해라.

좋은 인간관계를 맺으면 잘 되지만,
잘못된 인간관계를 맺으면 일생동안 헤어날 수 없는 늪에 빠지기도 한다.
누군가 앞길에 재를 뿌리는 사람이 있다면 멀리해라.
자칫하면 꿈은 날아가고, 전진할 수도 성장할 수도 없게 된다.
인간관계를 할 때 인생 항해에 순풍 역할을 할 사람인지,
움직이지 못하게 하는 닻의 역할을 할 사람인지 생각해 보라.

현대 사회는 네트워크의 시대이다.
어디에 소속되어 있느냐, 어떤 사람과 인생길을 함께 가느냐가
삶의 질을 결정한다.
네트워크에의 참여를 주도적으로 성취하는 삶을 살아야 한다.

성공의 85%는 지식이 아니라 아는 사람 덕분이다.
실력을 기르지 않고 인맥에만 힘을 쏟는 것도 문제지만,
능력은 있으나 인맥을 소홀히 하는 것도 바람직하지 않다.
인맥 형성에 신경을 써야 한다. 인맥 구축에 투자를 아끼지 말아야 한다.
상대를 도와서 나를 이롭게 하는 것이 인맥 관리의 지혜이다.
능력을 키우면서 인맥을 관리해라.

한 사람의 인간관계 범위는 대략 250명 수준이다.
한 사람을 감동시키면 250명을 추가로 불러올 수 있다.
반면에 한 사람의 신뢰를 잃으면 250명을 잃는 것이다.
한 사람을 250명 보기와 같이 해라.

모든 사람에게 예의를 다하고, 많은 사람에게 붙임성 있게 대하고,
몇 사람에게 친밀하고, 한 사람에게 벗이 되고,
아무에게도 적이 되지 마라.

페릭스 박사 초상. 1889. 모스크바. 푸슈킨 미술관

인격

인격은 고결한 재산이다.
신이 인간에게 부여한 인간으로서의 존중성이다.
인격을 갖추는 것이 '참 인간되기' 이다.
인생에서 중요한 것은 지성이 아니라 인격이다.
머리가 아니라 마음이며, 천재성이 아니라 인격이다.

입구는 궁전 같으나 거실은 오두막인 집처럼
겉만 번지르르하고 속이 텅 빈 사람이 있다.
같이 있다가 깊이를 알게 되면 짜증이 나고 진저리를 친다.
깊이가 없으면 속 빈 마네킹과 같다.
내면이 빈 사람은 허세를 부리지만 곧 말문이 막히고 만다.
생각의 샘이 깊이가 없이 얕아서 바닥이 드러나기 때문이다.
겉모습보다 속이 꽉 찬 내면을 키워라.

깊이를 결정하는 것은 외적 조건 같은 하드웨어가 아니다.
당당함, 자부심, 자제력 같은 소프트웨어에서 나온다.
사람은 완성된 채로 태어나는 것이 아니다.
날마다 조금씩 인격과 지성을 완성시켜 나아가야 한다.
인생의 볼륨을 풍부하게 해라. 인생에 양감을 더해라.
삶의 부피를 두껍게 해라. 마음 밭에 겨자씨를 심을 깊이를 가져라.

삶은 비틀거리고 넘어지고 일시적인 패배를 경험할 수 있으며,
맞붙어서 극복해야 하는 어려움과 유혹에 부딪힐 수도 있다.
인격은 삶에 있어서 매우 효과적인 무기로써
눈물과 비극이라는 물을 처리하는 그릇이다.
슬픔과 불행과 실패를 이겨내는 마음의 크기가 바로 인격이다.
궤도를 이탈하지 않도록 도와주고, 힘과 자양분을 공급하며,
단호하게 행동하도록 독려한다.
강한 정신과 올바른 마음을 갖고 인격 향상을 이루어라.

배포 있는 사람은 마음이 넓은 사람이다.
유리와 유리가 부딪히면 깨어진다. 돌과 돌이 부딪히면 부서진다.
배포 있는 사람은 깨진 유리처럼 날카로운 말들이 들어와도,
상처 주는 말들이 들어와도 스펀지처럼 흡수해서 감싸 안는다.

남을 너그럽게 받아들이는 사람은 사람들의 마음을 얻게 되고,
위엄과 무력으로 엄하게 다스리는 자는 노여움을 사게 된다.
행동할 때 소심해서는 안 되며 눈감을 줄도 알아야 한다.
의도적으로 매사에 따져드는 것은 장점이 아니다.
배포 있는 태도를 지녀 숭고함을 얻어라.
상대방의 실수에 관대함을 보여 고상한 품위를 유지하라.

신이 인간에게 처음 부여한 인격의 그릇은 같았지만
시간이 지날수록 크기는 변화한다.
인격으로 보다 나은 방향으로 변하여 발전할 수 있고
보다 나쁜 방향으로 변하여 퇴보할 수도 있다.
인간은 인격이라는 그릇에 넘치는 물을 담을 수 없다.
물이 흘러넘치지 않도록 그릇을 크게 해야 한다.
인격의 그릇을 키우는 것은 자신에게 달려있다.
인격을 한 단계 끌어올리려는 노력은 삶에 고무적이다.
성실히 노력할 경우 인격적인 발전을 이룰 수 있다.

인격은 훈련의 산물이다.
스포츠맨이 매일 근육을 단련해야 몸매를 유지할 수 있듯이
마음을 다잡지 않으면 깜짝할 사이에 타락하고 만다.
노력 없이는 인격을 훌륭하게 다듬을 수 없다.
지속적으로 자신을 가다듬는 노력이 있어야 한다.
자아를 관찰하고 단련하며, 컨트롤하는 훈련이 필요하다.
근면, 덕행, 선행이라는 훌륭한 자질을 키워야 한다.
옳다고 생각하는 규칙들을 지켜가야 한다.
인격을 갖추면 존경과 명성이라는 응분의 보상을 받게 될 것이다.
바르게 살아가는 법을 반복 학습해라.

몽마르트의 가을. 1886. 시카고. 예술 미술관

인연

진정한 만남은 상호간의 눈뜸이다.
영혼의 진동이 없으면 그건 만남이 아니라 한때의 마주침이다.
살다보면, 걷다보면, 스치다보면 아주 짧은 순간 서로 알아보고
운명적인 만남이 되어 삶의 전부를 나누는 인연이 된다.
좋은 사람을 만나는 것은 신이 내리는 선물이다.
한 순간의 섬광 같은 인연이 삶의 방향과 인생과 운명을 바꾸어 놓는다.
불행에서 행복으로 절망에서 희망으로 바뀔 수 있다.

인연은 시선의 교환, 대화, 태도, 손을 내뻗침 등으로 시작하지만
곧 훨씬 크고 훨씬 보람된 것으로 성장한다.
축복이 자신을 열리게 하고 깨이게 하면서 삶에 즐거움을 준다.
인연을 맺는다는 건 그 사람의 과거 경험과 현재 위치와
다가올 미래 위상과 함께 만나는 것으로 그 사람의 일생을 만나는 것이다.

사람의 인연은 등산길이다.
발길을 자주하면 길이 만들어지지만 줄거나 끊기면 사라지듯이
정성으로 만나면 건강한 인연인 등산길이 되지만
정성을 다하지 않으면 잡풀이 길을 덮어버려 인연이 끊긴다.
좋은 인연을 지속시키지 않는 것은 신의 선물을 내팽개치는 것이다.
주변의 값진 인연에 감사함의 표현을 아끼지 마라.

처음으로 쇠가 만들어졌을 때 세상의 모든 나무들이 두려움에 떨자 어느 생각 깊은 나무가 "두려워할 것 없다. 우리들이 자루가 되어주지 않는 한, 쇠는 결코 우리를 해칠 수 없는 법이다"라고 말했다.
쇠가 아무리 강해도 나무자루가 없으면 힘을 쓰지 못한다.
사람도 아무리 재능이 많아도, 아무리 재물이 많아도
누군가 자루가 되어주지 않으면 제대로 능력을 발휘하지 못한다.
기쁨, 슬픔, 공포, 성공을 함께 나눌 수 있는 사람들이 필요하다.
이 세상에서 혼자서 할 수 있는 일은 없다.

먼저 가까운 사람에게 잘해라.
행복도 불행도 가까운 사람을 통해 다가온다.
자신을 세우는 사람도 무너뜨리는 사람도 가까운 데 있다.
멀리 있는 사람이 쓰러뜨리는 것이 아니며 위대하게 만드는 것이 아니다.
가까운 사람을 기쁘게 하면 멀리 있는 사람도 찾아온다.
가까운 사람을 사랑하는 기술을 터득해야 한다.
시간을 내어 가까운 사람에게 애정을 표현하고 인정해주어라.
얼마나 소중한지 말하고 글로 써주어라.
표현을 하지 않아도 사랑하는 줄 상대방이 알 것이라고 단정하지 마라.
사랑한다는 말은 아무리 많이 해도 지나치지 않다.
직접 말로 표현해라.

알리샹의 거리. 1888. 개인 소장

일터로 가는 아침(밀레 모작). 1890 상트페테르부르크. 헤르미타지 미술관

일

새가 날기 위해 태어난 것처럼 인간은 일을 하기 위해 태어났다.
일은 축복이다. 일한다는 것이 인생의 가치이며 행복이다.
누구나 머리나 손을 이용해서 일을 해야 한다.
일은 생활의 방편만이 아니라 목적이다.
일을 할 때 생명력, 건강, 기쁨을 얻으며
자제력, 주의력, 적응력을 키우고 단련시킨다.
인격 수양에 있어서 일은 최고의 스승이다.

일은 육체뿐 아니라 정신에도 유익하다.
일을 하지 않으면 정신적 혼수상태에 빠지게 된다.
일을 함으로써 해악을 멀리할 수 있다.
놀고 있는 두뇌는 악마의 일터이다.
일을 하지 않으면 유혹이 접근하고 사악한 생각이 떼 지어 들어온다.
정신이 한가히 놀고 있고 몸이 편안히 쉬고 있으면
육욕이 빈틈에 슬며시 기어들어오기 십상이다.
건강하면서도 한가하게 빈둥거리는 사람은
유혹에 약해서 순결한 생활을 하지 못하는 법이다.
빈둥거리며 지내는 것은 생명을 망친다.
빈둥거리지 말고, 힘들고 유익한 일로 빈 시간을 꽉 채워라.

일이 즐거우면 인생은 기쁨이다.
인생의 의미를 느끼면서 일하는 사람은 성공한 인생이지만
돈만 벌기 위해서 일하는 사람은 실패한 인생이다.
훌륭한 일자리는 삶에 활력을 주고 의미를 부여하지만
잘못된 일자리는 삶의 의미를 고갈시켜 버린다.
하는 일이 즐거울 때 인생은 기쁨이고 의무일 때 노예가 된다.
일이 즐거우면 세상은 낙원이요. 일이 괴로우면 세상은 지옥이다.
싫은 일에서 창조의 힘은 솟아나지 않는다.
즐겁고 희망적인 일에 종사하는 것은 행복의 비결이다.

인생은 직장생활의 재미를 경시해도 될 만큼 그렇게 긴 것이 아니다.
직장에서 삶의 의미를 찾을 수 있어야 한다.
일하는 시간을 잊을 정도로 집중할 수 있는 직장이 최고의 직장이다.
급여, 동료들과의 관계, 성장 가능성, 흥미를 고려하여
가장 잘 맞는 직업을 찾아야 한다.

즐거운 마음으로 일을 잘하기 위해서는 열망하는 일을 해야 한다.
자신이 간절히 원하는 것이 무엇인지 스스로에게 묻고 선택하여
열정과 에너지를 쏟아 부어야 한다.
아침에 일어나 출근하는 것이 즐거운 직장을 택해라.

자신이 할 수 있는 일과 할 수 없는 일이 무엇인지 알아야만
최선의 능력을 발휘할 수 있다.
할 수 없는 일을 알아야만 그 일에 발목이 잡히지 않을 것이다.
할 수 없는 일이 무엇인지 파악해라.
그것이 할 수 있는 일을 아는 것보다 훨씬 중요하다.

자신의 능력으로 잘할 수 있는 일이 있고,
아무리 노력해도 잘할 수 없는 일이 있다는 것을 깨닫고 인정해야 한다.
도저히 잘할 수 없는 일에 도전하거나 붙잡고 있다면 인생의 낭비다.
자신의 능력으로 잘할 수 있는 일에 집중한다면 인생은 풍요로워진다.
잘할 수 있는 일을 찾아라.

최선을 다했다는 생각을 갖고 생을 마감할 수 있도록
능력을 최대한 발휘할 수 있는 일에 종사해라.
성공하는 사람은 자신이 평생을 바쳐 할 수 있는 일을 찾아내고
그 일에 집중하여 성과를 내는 사람이다.
진정으로 좋아하면서 잘할 수 있는 일을 택하고 인생을 투자해라.
현재 일에 즐거움을 느낄 수 없다면 변신해라.

자화상. 1889. 파리. 오르세 미술관

자긍심

자긍심은 자신을 이해하고 받아들이고 사랑하는 마음이다.
자신의 현재 모습과 가치를 인정하여
어떤 일을 해낼 수 있는 유능한 존재로 여기는 것이다.
자신에 대한 사랑은 '나는 너보다 낫다' 가 아니라
'나는 나로서 좋다' 는 생각이다.
누구나 세상에 하나밖에 없는 경이롭고 유일한 존재다.
어느 누구도 똑같이 생긴 사람은 없으며
똑같은 생각이나 아이디어, 일을 처리하는 방식을 가지지 못한다.
명품은 비교할 수 없기 때문에 명품이다.
다른 사람과 비교하지 말고 자신을 있는 그대로 받아들이고
자신만의 존귀한 가치를 찾아라.

자신을 존중하는 일부터 시작해야 한다.
자신의 육체와 이성, 성격을 존중해야 한다.
자신이 특별하고 유일하고 존경받을 만한 존재로 여겨라.
자기 사랑은 모든 깊은 사랑의 첫걸음이다.
자신과 사랑에 빠질 수 없다면 다른 사람과 깊은 사랑에 빠질 수 없다.
다른 사람을 사랑하려면 우선 자신부터 사랑하는 법을 배워야 한다.
좋아하는 사람이 생기기 전에 먼저 자기 자신과 사랑에 빠져 보라.
자신에게 도취돼라.

자긍심은 자신을 바라보는 자기 이미지의 문제다.
자기 이미지는 오랫동안 만들어 온 자신에 대한 생각들로 구성된 것이다.
적극적이고 생기 넘치는 생각을 주입하여
밝고 건전한 자기 이미지를 가지도록 노력해야 한다.
자신에게 너무 까다롭게 굴지 말고 너그러워지고 친구가 돼라.
자신을 괜찮은 사람이라고 생각하고 인정하고 신뢰하고 칭찬해라.
자신의 좋은 점들을 긍정하고 자랑스럽고 귀하게 여겨라.

내연 엔진이 가솔린에 의해 움직이듯이 사람은 자긍심에 의해 움직인다.
자긍심이 가득 차 있으면 오랫동안 가지만
반만 차 있으면 움직이는 것이 시원치 않고
비어있다면 곧 멈추고 말 것이다.
자신을 사랑하는 사람만이 인생을 열심히 살아간다.
앞으로 나아가게 하는 힘은 내면으로부터의 자기 사랑이다.
자신을 사랑하지 않는 한 변화하고 발전하기 어렵다.

인간은 자신을 인정하는 것만큼 발전한다.
실패하는 사람은 자신의 능력과 가치를 경시하는 경향이 있다.
자신의 한계를 받아들이면 '작은' 채로 머무를 것이다.
자신의 잠재력의 무한함을 믿고 도전하고 극복해야 성공할 수 있다.

자신을 믿어라.
재능을 가지고 있다고 하더라도 자신에 대한 믿음이 없다면 소용이 없다.
자신을 믿어야 발전하는 삶, 성공적인 삶, 행복한 삶으로 만든다.
아침에 하루를 시작하며 '내 잠재력의 한계치는 무한하다' 고 생각하고
"나는 건강하다! 나는 행복하다! 나는 너무 멋있다!"를
두 팔을 높이 들고 외쳐라.
잠들기 전에 '내가 가진 무한 잠재력 개발을 위해
오늘 최선의 노력을 다했는가?' 라고 물어라.

자기 사랑은 무턱대고 할 수 있는 일이 결코 아니다.
자기가 보기에도 능히 사랑할 수 있는 사람이 되어야 가능하다.
끊임없는 자기 관찰과 자기 개발이 선행되어야
진정한 의미의 자기 사랑에 흠뻑 빠질 수가 있다.
과연 스스로 사랑할 수 있는 사람인지 거울 앞에 서 보라.
사랑할 만한 몸이며 얼굴이며 눈빛인지 살펴보라.
성공을 위해선 자신이 어떤 면에서 뛰어난지를 알아야 한다.
어떤 재능을 알게 되면 이를 더욱 육성하고 보완해야 한다.
많은 사람은 타고난 능력을 방치하여 재능을 살리지 못한다.
탁월한 사람은 자신의 재능을 알고서 발휘하고 있다.
어떤 분야에서 능력을 발휘할 수 있는지 생각해 보라.

낫질하는 사람(밀레 모작), 1889, 암스테르담, 반 고흐 미술관

자신감

자신감은 존재의 핵심에 자리 잡고 있는 자신만의 은밀한 체험으로
자신이 생각하고 느끼는 것이다.
자신감은 자신에 대한 믿음이다.
자신의 능력을 믿고 해낼 수 있고 앞으로 나갈 수 있다는 믿음이다.
자신감은 세상을 살면서 어떤 상황에 처하든 과감히 대처할 것이며,
필요한 일을 하겠다는 신념이며 할 수 있다는 믿음이다.
자신을 믿어라.

성공으로 향하는 중요한 한 가지 열쇠는 자신감이다.
인생의 승리는 자신감을 가지고 할 수 있다고 믿는 사람의 몫이다.
'할 수 있다' 는 자신감과 '해내고야 말겠다' 는 굳은 결심에서 나오는
강한 의지가 성공의 관건이다.
어떤 일을 시작할 때는 반드시 된다는 확신과
되게 할 수 있다는 자신감을 가지고 해야 한다.
안될 수도 있다는 회의나 불안은 끼워 넣지 말아야 한다.
성공의 큰 적은 의심과 두려움임을 명심해라.
할 수 있다고 생각하면 되고 할 수 없다고 생각하면 안 된다.
뭐든지 할 수 있다고 생각하는 사람이 새로운 세상을 만들어간다.
지금 성공할 능력이 있고 앞으로 성공할 것이라는
굳건한 믿음과 확신을 가지라.

성공은 거울 속의 자신을 바라보고 미소를 지을 수 있을 만큼
자신감을 가진 사람을 따른다.
자신과의 싸움에서 이긴 사람이어야 진정한 자신감을 얻게 된다.
자신감에 넘치는 자기 이미지가 형성될 때 삶의 상황은 쉬워진다.
자기 이미지는 전적으로 자신에게 달려있다.
자신 있는 사람은 개방적인 태도를 취할 수 있다.
자신감 있는 사람은 아이디어와 변화에 개방적인 태도를 가지고 있다.
자신의 의견이 도전받는 것을 두려워하지 않으며 배우는 기회로 삼아
아이디어를 더욱 풍성하게 만드는 지적인 싸움을 즐긴다.

자신이 있으면 심플해질 수 있다.
심플해야 빨리 내달릴 수 있다.
일이 어려워서 자신감을 잃는 것이 아니라
자신감을 잃었기 때문에 일이 어려운 것처럼 보이는 것이다.
인생에서 성공을 원하지만 장애물로 가득 차 있다.
성공을 위해서는 장애물을 넘어서야 한다.
장애물이 자신감을 키우는 씨앗이 되어야 한다.
넘어짐을 두려워 마라.
넘어지는 과정을 겪어야 자전거를 탈 수 있다.
실패를 거듭해도 자신감을 가지고 지금 무엇을 할 것인지를 생각해라.

자신감은 마음을 먹거나 결심한다고 해서 생기는 것이 아니다.
실력도, 경험도 없다면 자신감이 없는 것은 당연한 일이다.
노력하여 실력을 쌓고, 경험이 있어야 자신감을 가질 수 있다.
자신을 개선시키기 위해 꾸준히 노력해야 한다.
위를 바라보고, 실력과 경험을 쌓아 삶의 환경을 개선시켜야 한다.

'사기士氣'는 인간으로서의 긍지다.
'사기'는 자신과 타인의 차이를 깨닫고 올바른 길을 지켜
옳지 못한 사람과 영합하지 않도록 하는 힘을 지니게 한다.
사기는 경쟁력이나 강권에 의해 높아지는 것이 아니라,
성취동기와 자발적인 노력이 뒤따라야 한다.

'사기'는 없어서는 안 되는 것이지만
남을 업신여기는 마음인 '오기傲氣'는 있어서는 안 된다.
'오기'는 상하의 분간도 하지 않고 높은 지위만 노리며
주어진 책임을 다하려고 하지 않는 잔꾀를 갖게 한다.
'오기'를 가진 사람은 자신의 경우에는 '오기'를 '사기'라고 착각하고,
타인은 '사기'를 '오기'라고 단정하는 못난 습성을 갖고 있다.
사기는 충만하되 오기는 피우기 마라.

땅 파는 두 농부(밀레 모작). 1889. 네덜란드. 스테델릭 미술관

자제력

자제력은 자신의 감정이나 욕망을 스스로 억제하는 힘이다.
굴복하지 않고 단호히 버텨낼 힘을 제공하는 다른 형태의 용기다.
성공의 지름길은 자신의 마음을 다스리는 데 있다.
마음에 따라 행동이 결정되므로 자신의 마음을 통제할 수 있어야 한다.
자제력을 발휘하여 자기 경영을 하기 위해서는
내적 성찰에 귀를 기울여야 한다.

인간에게는 누구나 다섯 가지의 공통된 마음이 있다.
이익을 보면 달려들고, 미인을 보면 애정을 느끼며,
음식을 보면 탐욕을 내고, 안일을 보면 몸을 눕히고,
어리석은 사람이나 약자를 보면 속인다.
자제력 부족 때문으로써 스스로 제어하고 조정해야 한다.
그렇지 않으면 남에게 욕을 먹거나 낭패를 당한다.

자제는 인간과 동물이 다른 덕목 가운데 하나다.
동물보다 나은 존재가 되려면 본능적 충동에 저항해야 한다.
자제력을 잃으면 세상의 흐름에 휩쓸려 다니게 되고
욕망의 노예가 되어 유혹을 뿌리치지 못한다.
사람은 삼갈 줄 알면서 작은 악마들을 멀리해야 한다.
명예롭고 평화롭게 인생을 살고 싶다면 자제해야 한다.

삶을 영위하면서 정신적인 귀마개를 가지고 다녀야 한다.
쓸데없는 이야기를 들을 때는 이 정신적인 귀마개를 사용해야 한다.
듣기 싫은 소리를 들었다고 해서 자제하지 못하면 낭패를 당한다.
증오 · 질투 · 시기 · 두려움 · 원한 등의
파괴적인 감정에 휘말리지 않아야 한다.
흥분하지 않으며, 사물이나 인간에 대해 무절제하게 열광하지 않으며
냉소적인 사람이나 비관적인 사람의 영향을 받지 않아야 한다.

자제력이 있는 사람은 자기 기분에 끌려 다니지 않는다.
갖가지 감정들을 한데 모아 놓고 경중을 따져 결정을 내린다.
어떠한 행동이든 행동하기에 앞서 침착하게 결정한다.
자제력을 잃지 말고 자기의 마음을 제어할 수 있어야 한다.
자기 절제를 하는 사람은 자제력을 발휘하여 자신을 통제할 수 있다.

자신을 조절할 수 있어야 한다.
자제는 체계적인 훈련과 반복적인 연습으로 성취할 수 있다.
완벽한 자제는 정신 교육을 통해 달성하고자 애써야 한다.
신중하고 분별 있는 자제가 지혜의 근원이다.
자제력을 길러 의지를 단련시켜야 한다.
자기를 경영해라. 자신을 다스리는 방법을 배워라.

자제력을 갖춘 사람은 상상력과 정열을 자극하여 행동을 불러일으킨다.
자신의 의지가 그 행동을 지배하는 것이지,
그 행동이 자신을 지배하도록 내버려두지는 않는다.
어떠한 상황에서도 남을 모욕하지 않으며,
어떤 이유로도 원한을 품지 않으며,
다른 사람에게 원한을 사지도 않으며
자기에게 동의하지 않는 사람을 증오하지 않는다.
동의하지 않는 이유를 이해하려고 애쓰며,
그렇게 함으로써 이익을 얻는다.

이상적인 인간의 요소 가운데 한 가지는 완벽한 자제다.
이상적인 인간은 충동적이지 않고 균형감각을 유지한다.
자기감정을 조절하면서 냉정함과 조심성 유지와,
잘못된 습관에도 빠지지 않는다.

정확한 자기 분석과 능력 평가를 넘어서는 탐욕과 이기심과 자만은
자제력의 결여가 초래할 수 있는 가장 위험스런 형태다.
자신감은 성공의 필수 요건이지만,
합리적인 선을 넘어선 자신감은 아주 위험하다.
스스로를 자제할 줄 알아야 한다. 감정을 조절하고 자제하라.

생폴병원 정원 목초지. 1890. 영국 런던 대영박물관

적응

'풀 위에 앉으면 눈을 감고 풀이 되라. 풀처럼 되라.
자신이 풀이라고 느끼라.'
오쇼 라즈니쉬의 《명상 건강》에 나오는 말이다.
풀과 거리를 두지 말고 하나가 되어 완전히 몰입하라는 뜻이다.
분별 있는 사람은 적응하기 위해 노력한다.

적응하는 삶의 자세는 주어진 현실에 안주하는 삶의 자세와 다르며
'적극적 현실 적응' 의 삶의 태도다.
주어진 여건을 긍정적으로 받아들이고,
삶의 가치와 행복을 발견하면서 최선을 다하는 자세다.
지나치게 현실에 안주하거나,
무모한 도전으로 실패의 뒤안길에 머물러서는 안 된다.
도전은 아름답지만 무모한 도전은 인생 낭비다.

현명한 사람은 운명이 거부한 것보다 부여한 것에 가치를 둔다.
불가능한 일과 싸우지 않는다.
적응하는 삶은 타성에 젖거나 변화를 거부하는 삶이 아니다.
현실에 안주하거나, 무조건적으로 도전하는 삶의 태도가 아니라,
주어진 여건을 받아들이면서
적극적으로 개선 발전해 나가려는 삶의 자세를 가져라.

현명한 자는 운명이 거부한 것보다 부여한 것에 가치를 둔다.
어떻게 할 수 없는 일과 싸우지 마라.
거센 바람이 불 때는 옷을 챙겨 입어라.
'적응하는 삶의 자세' 는 지금 위력을 발휘하고 있는 것을 따르고
그것을 더 완전하게 하는 것이다.

지혜로운 사람은 현재의 상황을 인식하면서 창조와 혁신을 꾀한다.
정신과 육체뿐 아니라 지식 습득, 운동조차도 유행에 따른다.
구태의연한 생각을 버리고 현재의 흐름에 따라야 한다.

휘저어 흐려진 샘물은 내버려둬야 맑아지듯이
분열과 혼란이 지나가도록 놔두면 저절로 안정을 찾는다.
상황을 받아들이고 관망할 줄도 알아야 한다.

물에 빠졌을 때는 흐름에 역행하지 말아야 한다.
소용돌이 한가운데에서 평온을 유지하기 위해서는
손을 놓고 누워버려야 한다.
흐름에 몸을 맡기면 헤엄을 못해도 물가에 닿게 마련이다.
소용돌이에 휩싸일 때는 물이 얕은 곳이나 안전한 항구로 돌아가라.

티베트의 고산지대 호텔에는
'덥다고 문을 열어놓고 자면 얼어 죽을 수 있습니다.
그렇다고 문을 닫고 자면 산소부족으로 사망할 수 있습니다' 라는
경고문이 적혀있다.
한 쪽에 너무 치우쳐 살지 말라는 뜻이다.

오렌지를 너무 짜면 쓴맛밖에 남지 않는다.
소의 젖도 잔인하게 쥐어짜면 우유 아닌 피가 나온다.
나쁜 일에서든 좋은 일에서든, 극단적인 정의는 불의가 될 수 있다.
정신조차도 극도의 긴장이 오면 둔감해지기 마련이다.

극단으로 치달으면 생생한 삶이 망가진다.
관대한 사람은 좋은 상황에서나 힘든 상황에서나 중용을 잃지 않는다.
균형을 잃고 극단으로 흐르지 말아야 한다.
즐거운 일에서도 극단까지는 가지 마라.
어떤 일에서도 극단을 피해라. 균형과 조화를 이뤄라.

우편배달부 죠셉 룰랭, 1889, 뉴욕, 현대 미술관

정보

정보의 전달 속도가 광속보다 더 빨라지고 있다.
빠른 정보가 생활 전반에 혁명적인 변화의 물결을 일으킨다.
정보가 재산이며 경쟁력이고 승리의 관건이다.
정확한 정보가 질 높은 결정과 성공할 가능성을 높인다.
탁월한 사람은 의사결정의 수준을 높이는데 필요한
정보를 지속적으로 축적한다.
핵심 정보를 흡수, 통합, 응용할 수 있는 사람이 힘을 가지고 있다.

정보를 수집하고 분석하는 마인드를 가져야 한다.
수집한 정보가 왜곡되어 있는지 신뢰할만한 정보인지 가려야 한다.
정보를 충분히 수집하여 옥석을 가려라
정보가 어떤 의도를 가지고 있는 것은 아닌지 면밀히 검토해라.
정보 제공자의 수준, 정보와의 관계, 획득 과정을 파악해라.

상대방에 대한 작은 정보 하나가 승리를 가져오는 기회가 될 수 있다.
자신이 가지고 있는 정보가 유출되는 경우에 엄청난 손해를 볼 수 있다.
상대방의 정보를 얻는 것만이 아니라
자신의 정보가 새어나가지 않도록 철저한 정보 관리에 신경을 써라.

진실은 대부분 눈으로 보는 것이며 귀로 들은 경우는 드물다.
귀는 진실의 곁문이고 거짓이 들어서는 대문이기 때문이다.
하지만 보는 것은 극히 적은 것에 불과하다.
진실이 왜곡되지 않고 순수하게 다다르는 적은 별로 없다.
오는 길이 멀다면 더욱 그렇다.
진실은 오는 동안 감정의 혼합물과 섞인다.
감정은 손에 닿는 모든 것을
자신의 색으로 칠하여 어떤 인상을 심어주려고 한다.

정보를 전해들을 때에는 전달하는 자의 의도를 파악해라.
첫 인상에 좌우되지 마라.
거짓은 앞서 오고 뒤따르는 진실은 주목받지 못하는 법이다.
귀에 들리는 첫 소식만을 믿고 다음 소식들을 소홀히 대해서는 안 된다.
악의를 품은 자는 그 기회를 놓치지 않는다.
나쁜 뜻을 품은 자는 쉽게 믿는 자들을 재빨리 속인다.
첫 인상을 쉽게 받아들이는 태도는
하찮은 재능과 비루한 감정에서 비롯된다.
정신의 비루함에 따른 결과는 파멸뿐이다.
첫 인상으로 분별력을 잃어서는 안 되며,
항상 두 번째, 세 번째의 소식을 들을 준비를 해라.

모르는 체하여 정보를 얻어라.
상대가 무슨 이야기를 하려고 할 때
모르는 체하여 상대가 계속 이야기 하도록 해라.
알고 있는 일도 더 구체적으로 알 수 있으며,
몰랐던 정보를 완벽하게 들을 수도 있다.

시종 귀를 곤두세우거나, 직접 질문하는 것은 현명한 방법이 아니다.
상대는 경계 자세를 취할 것이다.
모든 것을 알고 있는 척하는 것도 효과적이다.
이미 알고 있는 줄 알고 친절하게 정보의 보따리를 풀어 놓을 수도 있다.

본 것은 본대로 보고해라.
들은 것은 들은 대로 보고해라.
본 것과 들은 것을 구별해서 보고해라.
보지 않은 것과 듣지 않은 것은 일언반구도 보고하지 마라.

착한 사마리아인(들라크루아 모작). 오테를로 크뢸러 뮐러 미술관

정의

정의란 사회나 공동체를 위한 옳고 바른 도리다.
사회를 구성하고 유지하기 위해 사회 구성원들이
공정하고 올바른 상태를 추구해야 하는 가치이자 이념이다.
질서를 정립하고 특히 인간과 인간 사이에서
균형을 이루고 유지하는 기능을 가진 원리다.
사회와 시대의 차이를 넘어 높이 평가되는 인간 덕목이다.

인간은 공동체 구성원이다.
'사회' 라는 집단을 형성하고, 안정과 행복을 추구하며 삶을 영위한다.
안정감과 행복을 누릴 수 있게 하는 사회의 기능 요인은 정의다.

정의는 구성원 최대 다수의 행복을 보장하고
인간다운 삶을 살아가게 하는 기초다.
개인과 사회를 무질서와 파멸로부터 지켜주는 울타리다.

시간과 공간을 초월하여 사회에는
정의라는 덕목을 요구하는 강제화 된 규범과 제도와 도덕이 존재한다.
구성원이 준수하기 때문에 인간다운 삶과 사회 안정이 가능하다.

정의는 사람들이 마땅히 받아야 할 것을 주는 것이다.
정의로운 사회는 소득과 부, 의무와 권리, 권력과 기회, 공직과 영광 등이 올바르게 분배되는 사회이다.
정의로운 사회는 '사람이 사람답게 살 수 있는 사회' 이다.
공동선을 추구하면서도 인간의 존엄성이 지켜지는 사회이다.
이성을 통한 합리성과 양심이 일치하는 사회이다.

개인의 자유를 존중하여 좋은 삶을 선택할 수 있어야 하며
공동선을 증진하기 위해서 사회 구성원들이 인간다운 삶을 누릴 수 있는 사회 안전망을 확보해야 한다.
수동적으로 사회의 정의에 대한 요구를 따를 것이 아니라,
스스로 불의가 가져올 폐해를 인식하고
능동적으로 정의의 덕목을 준수하려는 노력을 해야 한다.

이성과 자유의지를 가지고 있어야 한다.
이성을 가지고 상황을 예측하고 대처할 능력을 발휘해야 한다.
자유의지로 부당한 요구에 의해 지배되지 않는 자율성을 지녀야 한다.
이성과 자유의지로 정의를 추구하라.

석탄을 나르는 여인들, 1882 오테를로 크롤러 뮐러 미술관

농부. 1888. 개인 소장

정직

정직은 원리원칙과 성실성과 독립성의 본질이며
개인이 가지고 있는 우수함의 토대이다.
정직을 토대로 하지 않는 재능은 쓸모없는 껍데기다.
정직함으로 믿을만한 사람으로 평가받아야 영향력이 생긴다.
정직성으로 영향력 있는 인물이 되도록 해라.

정직은 모든 인간관계에서 주체가 되어야 한다.
정직하면 손해를 볼 수도 있지만 정직이 내뿜는 향기와 파동은
손해에 비할 데 없는 믿음과 신뢰로 돌아온다.
정직은 자신감에서 비롯되어 겸손함으로 이어진다.
정직함으로 신뢰를 얻고 존경과 경의를 불러일으켜라.

정직은 사회를 묶는 끈이다.
정직성이 없으면 사회는 무질서와 혼란으로 무너질 것이다.
거짓으로 가정을 다스릴 수 없으며 국가도 마찬가지다.
정직을 희생시키는 어떤 변명도 정당화될 수 없다.
행복한 사람의 무기는 정직함이다.
정직함은 말과 행동을 통해 빛을 발한다.
정직함을 통해 신뢰를 축적하는 것이 가장 큰 재산이다.
정직하기로 결심해라. 말과 행동이 일치해라.

인생을 지배하는 것은 지성이 아니라 양심이다.
천재성을 지닌 사람들은 지성에 힘입어 사회에 진출하는 반면,
인격적인 사람들은 양심에 힘입어 사회에 입성한다.
양심이 규제력과 통제력을 발휘하지 않는다면
현명하고 위대한 지식도 길을 잃고 헤맨다.
양심은 정신의 지배자이자 올바른 행동과 사고, 믿음, 생활의 지배자다.
양심이 지배력을 발휘해야 고결한 인격을 온전히 발전시킬 수 있다.

양심은 커다란 목소리로 말하는 법이 없다.
강력한 의지가 없다면 양심이 무슨 말을 해도 소용없다.
양심은 인간을 바로 서게 만든다.
인격은 양심의 힘에서 비롯된 것이다.
마음속의 법인 양심이 법전보다 소중하다.
법률에 저촉되는 죄를 저지르면 피할 방법이 있지만
양심에 어긋나는 죄를 저지르면 도망칠 수가 없다.
양심이 자신을 용서해 주지 않기 때문이다,

만약 공개된다면 부끄러워할 일에는 관여하지 마라.
양심에 상처를 받지 않으려면 거짓말을 하거나 속이지 말고 진실해라.
잘못을 저질렀을 때는 축소하거나 감추려 하지 말고 솔직하게 시인해라.

석탄 운반선들, 1888, 개인 소장

피에타(들라크루아 모작). 1889. 암스테르담. 반 고흐 미술관

죽음

인생의 시계는 단 한번 멈춘다. 언제 멈출지는 아무도 모른다.
죽음은 인생의 최종 단계이며 인생행로의 자연적인 귀결점이다.
죽음이 마치 빚쟁이처럼 기다리고 있다.
죽음은 불가항력의 방문이요 필연의 손짓이다.

인생이란 모래시계의 모래처럼 끊임없이 빠져나가고 있다.
언젠가는 마지막 모래알이 떨어지는 것처럼
인생의 마지막 날을 맞이하게 된다.
인생의 '세상 소풍' 을 모두 마쳤을 때
지나온 이야기들은 어둡고 고요한 무덤 속에 묻는다.

죽음을 두려워할 이유는 없다.
죽음이란 오랫동안 늦춰진 친구와의 만남과 같은 것이며
인간의 몸이 나비가 누에를 벗고 날아오르는 것처럼
영혼이 육체로부터 해방되어 은하수로 춤추러 가는 것이다.

인간은 죽음에 대해 세 가지의 기본적 감정을 갖고 있다.
어느 것을 더 느끼고 덜 느끼느냐의 차이는 있겠지만
무섭다는 감정, 슬프다는 감정, 허무하다는 감정으로써
죽음에 따른 완전한 이별과 소멸과 단절에 기인하는 것이다.

죽음에 임박해 있다면 어떤 생각을 하겠는가?
죽음을 앞두고 '더 일했어야 했는데' 라고 말하는 사람은 없다.
"베풀 걸, 사랑할 걸, 재미있게 살 걸"이다.
언제나 죽음을 대비하면서
좀 더 베풀고, 더 많이 사랑하고, 더 재미있게 살아야 한다.

죽음에 맞닥뜨렸을 때, 지금껏 좇던 것과는 다른 가치를 목말라 한다.
목말라 하는 것이야말로 진정 인생에서 추구해야 할 진정한 가치다.
가족, 사랑, 우정, 헌신, 공감과 같은 잊고 지낸 것들 말이다.

자신이 이미 죽었다고 생각하고 세상을 바라보라.
아무리 작은 것일지라도 세상의 모든 것이 얼마나 소중한지,
얼마나 감사해야 할 것이 많은지,
자신의 삶이 다른 사람들의 노고에 얼마나 의존하고 있는지,
주변 사람들을 위해 얼마나 노력해야 하는지를 깨닫게 될 것이다.
살날이 딱 하루밖에 남지 않았다면
그 마지막 날이 얼마나 소중하다는 걸 깨닫게 될 것이다.
하루하루를 생의 마지막 날처럼 살아라.
오늘이 마지막 하루라고 여기고 열심히 후회 없는 삶을 영위해라.

죽음은 삶의 가장 큰 상실이 아니다.
가장 큰 상실은 살아 있는 동안 자신 안에서 어떤 것이 죽어가는 것이다.

삶의 마지막 순간에 바다와 하늘과 별 또는 사랑하는 사람들을
한 번만 더 볼 수 있게 해달라고 기도하는 상황을 만들지 마라.
생의 마지막 순간에 무엇을 간절히 원하게 될 것인지를 생각하고
살아있는 지금 그것을 해라.

죽는다는 것을 알면서도 죽음을 잊고 살아가고 있지는 않는가?
영원히 죽지 않을 듯 살다가 살아보지도 못한 것처럼 죽어가서는 안 된다.
죽음 앞에서 후회하지 않도록
삶에서 가장 중요한 것을 까맣게 잊고 살지는 않는지 돌아보라.

충실하게 보낸 하루가 행복한 잠을 가져다주듯이
충실하게 보낸 인생은 행복한 죽음을 가져다 줄 것이다.
죽음에 대한 준비는 적극적으로 의미 있는 삶을 사는 것이다.
의미 있는 삶을 살면 살수록 죽음은 무의미한 것이 된다.

오늘이 남아 있는 날 가운데 가장 젊은 날이다.
오늘이 인생에서 남아 있는 날의 첫 번째 날이다.
언젠가는 죽는다는 사실을 받아들일 때
삶이 얼마나 의미가 있는지를 깨닫게 된다.
삶의 유한함에 대하여 깊이 깨달으면 깨달을수록
살아있음의 소중함과 기쁨은 더욱 커질 것이다.
삶의 배후에 죽음이 받쳐주고 있기 때문에 삶이 빛날 수 있다.

죽음은 만인을 동등하게 만드는 동시에 고귀하게 만든다.
죽음의 기로에 서 있다면 한층 인생의 무게가 더해질 것이다.
인생의 마지막 순간에 어떤 평가를 받고 싶은가?
죽음을 망각한 생활과 죽음이 시시각각으로 다가옴을 의식한 생활은
완전히 다른 상태이다.
인생은 유한한데 영원히 살 것처럼 하루를 살아가면 안 된다.

매순간 죽음을 인식하고 살아감으로써 욕망을 줄일 수 있으며
세상과 타인에 대해 보다 자비롭고 관대해질 수 있다.
죽으면 주위에서 "남긴 재산이 얼마나 된답니까?" 라고 묻지만
하늘의 심판은 "어떤 좋은 일을 했느냐?" 라고 묻는다.
때때로 죽음을 생각하면서 삶을 영위해라.

종달새가 있는 밀밭. 1887. 암스테르담. 반 고흐 미술관

책들. 1888. 암스테르담. 반 고흐 미술관

지식

현대사회는 브레인 파워의 시대 즉 지식사회이다.
지식이 사회를 지배하는 권력이며 가치의 원천이고 성공의 열쇠다.
특별한 지식은 성공의 날개다.
인생에서 필요하고, 가능하고, 간절한 활동은 실력이다.
실력으로 무장해야 큰돈을 벌 수 있다.

지식을 창출 · 관리 · 활용하는 능력이 경쟁력이다.
권력, 지위, 영향력, 권위는 지식을 효과적으로 쓰는 사람의 몫이다.
지식을 적재적소에 활용할 수 있는 앎의 기술을 터득해라.

지식이 있어야 재치 있는 언변과 고상한 행동이 나온다.
지식을 쌓아놓지 않으면 매력 없는 인간이 된다.
다양한 지식은 삶을 즐겁고 강하게 만든다.
지식은 나이가 들었을 때에 휴식처가 되고 도피처가 된다.

답을 알아도 이유를 모르면 진짜 아는 것이 아니고,
이유를 알아도 이해를 못하면 제대로 아는 것이 아니다.
어설프게 아는 자세에서 벗어나 확실하게 이해하고 알아야 한다.
지식을 마음껏 흡수하되 바람직한 지식을 갖춘 사람이 돼라.

인재는 문제의 핵심을 꿰뚫어보고 해결책을 찾아내는 사람이다.
해결책을 찾기 위해서는 끊임없이 배우는 자기 계발을 해야 한다.
자기 계발에 힘쓰면 인생의 환희와, 기쁨, 정열적인 삶을 맛볼 수 있다.
자기 계발을 하지 않으면 나태와 안일, 단조로움이 자리 잡는다.
지식의 획득과 축적을 위한 자기 계발에 노력을 기울여라.

콩나물시루에 물을 부으면 밑으로 전부 빠져 나가는 것 같지만
시루에서 콩나물이 서서히 자라난다.
교육은 콩나물에 물을 주는 것과 같다.
교육을 비용이라 생각하지 않고 투자하면
당장의 작은 변화뿐만 아니라 후에 큰 성과를 가져온다.
공부하는 시간은 미래가 들어오는 시간이다.

지식의 양은 호기심의 양에 비례한다.
살아가면서 두뇌에 지식을 덧칠해 나가야 한다.
자신의 수입에서 5%는 자신의 가치를 높이는 데 투자해라.
財테크보다 자신을 계발하는 才테크에 먼저 투자해야 한다.
교육에 투자하면 財테크보다 이윤이 높다.
才테크에 투자하면서 실력을 현명하게 비축하여 적절한 시기에 사용해라.

니체는 졸업을 앞둔 제자들에게
"너희는 나의 학설을 이해하고 소화해야 한다. 그래야 성장成長할 수 있다.
또한 그것을 허튼소리로 생각해야 한다. 그래야 성숙成熟할 수 있다.
몇 십 년이 흐른 후, 그때까지도 내가 가르친 것을 붙들고 있다면
너희는 이 시대의 큰 죄인이다. 기존의 지식을 부정하라"라고 말했다.

새로운 지식이 급속도로 쏟아지는 오늘날에
과거의 지식을 고수한다는 것은 곧 경쟁에서 도태됨을 의미한다.
지식은 끊임없이 생산되며, 기하학적으로 증가하고 있다.
작년에 익힌 새로운 지식은 올해에는 절반밖에 소용없고,
내년에는 4분의 1, 내후년에는 8분의 1로 줄어들고,
점점 더 줄어들어 결국 아무 쓸모가 없어진다.

지속적인 학습은 생존과 경쟁의 원재료이며 핵심 원천이다.
지식사회에서는 가진 지식보다는
배울 수 있는 능력과 배우고자 하는 의지가 경쟁력의 척도다.
현대는 지식의 반감기임을 알고 지속적으로 공부해야 한다.
학습 역량이 외부 지식 변화를 따르지 못하면 쇠퇴를 각오해라.
학습을 통해 스스로를 새롭게 해야 한다.
그렇게 하지 않으면 현상유지조차 불가능함을 명심해라.

펼쳐진 성서, 꺼진 촛불 그리고 책. 1885. 암스테르담. 반 고흐 미술관

지혜

새로 생긴 상점에 손님이 호기심 어린 얼굴을 하고 들어가서
"여기선 무엇을 팝니까?" 하고 묻자
주인이 "손님이 원하는 것은 무엇이든지 팝니다"라고 대답했다.
손님은 인간이 바라는 최고의 것을 사기로 마음먹고
"지혜를 주세요"라고 하자 주인은 한참을 생각하고 나서
"이 가게에서는 열매는 팔지 않고 오직 씨앗만을 팝니다"라고 대답했다.

씨앗을 어떻게 뿌리느냐에 따라 지혜의 열매를 맺을 수 있다.
지혜란 생각을 딛고 솟아나는 것이다.
끊임없이 이어지는 내면의 중얼거림에서 벗어나
실제적인 목적을 위해서 사용할 수 있는 것이다.

지혜는 삶의 길을 밝혀주는 등불로
사물의 이치를 깨닫고 처리하는 정신적 능력이다.
인생에서의 시련과 난관을 슬기롭게 헤쳐 나가게 해주며
삶에 깊이와 안정을 가져다준다.
지혜에 의지하여 삶을 영위하고 인생을 환히 밝혀야 한다.
빛에 따라 풍경이 다양한 모습의 아름다움을 보여주는 것처럼
지혜를 통해 인생을 다양한 각도로 보면서 교훈을 얻어라.

지혜는 삶의 과정을 체험하면서 안으로 가꾸어진 열매다.
정보와 지식을 실생활에서 살려야 비로소 지혜가 된다.
지혜는 정보와 지식만 있다고 해서 얻어지지 않으며
스스로의 생각을 정제하는 과정을 거쳐야만 얻을 수 있다.
정보와 지식을 가진 사람은 많지만 모두가 지혜롭지는 않다.
지혜를 가진 사람은 정보와 지식에 집착하는 사람이 아니라,
생각할 거리들을 얻어내고 현실을 통해 재확인하는 사람이다.
정보와 지식을 뛰어넘어 의미 있는 지혜로 만들어가야 한다.

방 안에서 세계지도를 펴 놓고 눈이 뚫어지게 들여다본들,
세계에 관해서는 제대로 알지 못하는 법이다.
책을 통해서만 세상을 보는 사람과
눈과 귀와 발로 체험해서 세상을 아는 사람은 근본적으로 다르다.
책을 통해 지식을 얻는다는 것은 중요한 일이지만
자신의 눈으로 관찰하고 체험해서 지혜로 승화시켜야 한다.

지혜의 문은 누구에게나 열려있으나 그 문으로 들어가는 사람은 소수다.
게으른 자나 어리석은 자의 눈에는 보이지 않으며
부지런한 자만이 얻을 수 있는 선물이므로 열심히 노력하면 얻을 수 있다.

지혜를 발휘하기 위해서는 분별력을 갖추어야 한다.
분별력은 타당함, 정당함을 식별하는 실용적인 지혜다.
분별력은 사안의 핵심을 꿰뚫어보는 능력이다.
매사에는 좋은 점과 나쁜 점이 있다.
칼날 쪽을 쥐면 고통을 주고, 손잡이를 잡으면 방패가 될 수 있다.
예리한 분별력을 지니고 발휘해라.

비둘기의 걸음처럼 살금살금 깃드는 생각이 지혜의 원천이므로
사색과 관찰을 통해 성찰능력을 키워야 한다.
성찰능력은 자신을 인식하고 생각과 감정을 잘 조절하여
자신과 관련된 문제를 잘 풀어내는 데 필요한 능력이다.
성찰능력이 높은 사람은 자신에 대한 깊은 반성을 수시로 한다.
자신에 대해 냉정하게 객관적으로 보는 성찰능력을 갖추어라.

세상은 변한다.
어제의 지혜가 오늘은 아무 쓸모없는 경우도 많다.
변화하는 세상에 적용될 수 있는 지혜로 계발되고 변화되어야 한다.
지혜는 현실을 통해 재확인되고 검증되고
혹은 수정되고 변화되면서 새로운 지혜로 업그레이드되어야 한다.
그래야 살아 있는 지혜다.

유진 바흐의 초상. 1888. 파리. 오르세 미술관

직관

뉴턴은 사과가 떨어지는 것을 보고 만유인력을 발견했다.
사과를 보는 순간 사과에서 연상되는 어떤 딴 것을 생각한 것이다.
이것이 곧 영감이다.
어떤 한 가지 일에 골몰하다 보면 문득 영감이 떠오를 때가 있다.
그 영감이야말로 정녕 값비싼 것이다.

직관이란 영감에서 비롯된 '이것인 것 같다' 는 느낌이다.
순식간에 지나가는 생각이나 심상을 포착하기란 쉽지 않다.
잠재된 무의식의 세계에서 의식의 세계로
어느 순간 빛처럼 솟아나오는 것이 직관이다.
꿈을 꾸거나 책을 읽거나 산책, 여행, 명상 중에도 직관은 작동한다.

직관의 통로를 거쳐 숲속 새소리를 들으면서
생명력이 넘치는 아름다운 악상을 떠올려 훌륭한 작곡을 할 수 있고,
길 위의 들꽃을 보고 예술성이 넘치는 그림을 그릴 수 있고,
한 사람을 보는 순간 사랑이 시작되어 결실을 맺을 수 있다.
바닷가에 나가 망망한 수평선을 바라보라.
그늘과 신선한 공기를 찾아 산으로 나가 보라.
늘 하고 있는 일을 다시 한 번 생각해 보고 미래를 생각해 보라.
이 순간 일생을 좌우하는 어떤 영감이 떠오를 수 있다.

성공하는 사람은 직관과 혜안이 있다.
감추어진 것들을 보며, 문제만 보는 것이 아니라 기회를 보며,
현실만 보는 것이 아니라 그 너머에 있는 미래를 본다.
앞날을 내다보는 사람은 직관을 발휘하여 곤경에 빠지지 않는다.
앞날을 내다보는 힘은 자신의 경험에 있다.
창의적으로, 긍정적으로, 바르게, 열심히 살아온 사람에게
섬광처럼 주어지는 것이 직관이다.

세상에서 일어나는 일은 이성과 논리성만으로 판단되지 않는다.
성공은 '합리성' 이라고 일컬어지는 그 좁은 개념에 있는 것이 아니라
명쾌한 논리와 강한 직관이 만나는 곳에 있다.
성공한 사람들은 자신의 직관을 믿고 이용했다.
영감에 의해 아이디어를 떠올리고 즉각적인 결정을 내릴 수 있는 능력은
내면적 자아를 가꾸어 온 사람들의 특징이다.

적당한 시기에 적당한 장소에 있는 사람처럼 보이거나,
좋은 일들이 신비할 정도로 자주 일어나는 것처럼 보이는 사람은
언제 무엇을 해야 할 것인가에 대한 직관을 개발해 온 사람이다.
직관으로 가시적인 것을 뛰어넘어
참신하고 혁명적인 가능성을 손에 쥔 사람이다.

직관은 면밀한 의도나 계획에서 오는 것이 아니라 가슴으로부터 나온다.
때때로 느낌이 결정적인 역할을 한다.
느낌은 삶의 경험이 집적되어 한 순간의 직관이 되는 것이다.
직관은 하루아침에 길러지지 않으며 오랜 경험을 통해 조금씩 쌓인다.
경험을 반복하면서 숙성시켜 자기 것으로 만들어야 직관이 발휘된다.

직관에는 세 가지 유형이 있다.
평범한 직관, 전문가 직관, 전략적 직관이다.
평범한 직관은 본능적 육감이며,
전문가 직관은 과거의 경험을 바탕으로 한 순간 판단력이며,
전략적 직관은 오랫동안 고민하고 있던 문제를 한 순간에 해결해 주는
섬광 같은 통찰력을 말한다.

통찰력은 매순간 선택과 의사 결정을 요구받고 있는
현대 사회에서 필수불가결한 능력이며 연구와 사색으로
다가올 일이나 결과에 대해 정확히 예측할 수 있는 능력이다.
디테일한 부분을 세심하게 관찰하는 일이 반복되고 쌓여야 한다.
견見하지만 말고 관觀해야 한다.
시야를 넓혀서 사안의 표면만 보지 말고
내면의 의미를 꿰뚫어 보는 통찰력을 갖추어라.

물레. 1884. 오테를로. 크롤러 뮐러 미술관

창의성

창의성이 시대의 화두다.
어제의 불가능이 오늘의 가능성이 되며,
공상이 현실로 눈앞에 출현하고 있다.
모든 문명은 상상의 산물이다. 상상은 창조의 시작이다.
미래는 상상 속에 존재한다.
상상을 해야 꿈을 실현할 수 있다.
창조는 상상과 현실의 결합이다.
바라는 것을 상상하고 상상한 것을 의도하고 의도한 것을 창조한다.
처음에는 상상이 비현실로 보이지만
결국에는 '상상의 세계'가 '현실의 세계'로 바뀐 것이다.
창의성은 생각을 디자인하는 것이며 독창성으로 차별화하는 것이다.
세상에서 나만이 만들어낼 수 있는 가치,
내가 표현하지 않으면 다른 누구도 표현할 수 없는 그 무엇을 창조해라.

자신이 창조적이라고 생각해야 창의력의 마술이 일어난다.
창의성을 위해서는 열정으로 가득한 호기심을 가져라.
적극적으로 상상력을 발휘해라.
끊임없는 탐구정신으로 몰입해라.
규제와 울타리 금기가 없이 실험하고 혁신에 도전해라.
매너리즘을 타파하고 발상의 전환을 넘어 발상을 파괴해라.

창조는 위대한 혁명이다.
혁명의 시대가 도래되어 바야흐로 반역의 시대다.
역발상이 창조와 상상력의 원천이다.
위대한 창조는 널리 인정받는 주장과 믿음에
의문을 제기하고 다른 길을 걷는 반동의 축복이다.
때로는 질서를 따라가지 말고 무너뜨리고 새로운 질서를 만들어라.

주어진 일만 열심히 수행하는 꿀벌과 같은 사고방식에서 탈피해라.
틀에 박힌 성실한 꿀벌의 능력을 가진 사람보다는
파격적인 아이디어를 행동으로 옮기는 창의적인 게릴라가 성공한다.
누구도 상상하지 못한 혁명적인 발상으로 게릴라처럼 일을 해라.
창의력과 상상력으로 무장한 행동주의자이며 혁명가인 게릴라가 돼라.

이성적인 인간은 세상에 적응하려고 하지만
때로는 비이성적인 인간은 세상을 자신에게 적응시키려고
발버둥 치면서 세상을 바꾼다.
창조적인 사람이 되고 싶다면 '이상하다' 는 소리쯤은 들을 각오를 해라.
세상의 위대한 발명은 처음에는 이상하고 무모해 보이지만
결국에는 현실이 되어 세상을 변화시켰다.
창조를 위해서는 남의 눈을 의식하지 말고 내면의 소리에 초점을 맞춰라.

창의성은 새로운 길을 내는 것이다.
늘 다니던 길을 벗어나 다른 길을 가보라.
남들이 모두 가는 길이 언제나 바른 길은 아니다.
때로는 남들과 다른 길을 선택하여 가라.
익숙한 것에서 벗어날 때 비로소 새로운 길이 보이고
혁신적인 아이디어가 나온다.
낯선 것을 두려워하지 말고 익숙한 것을 두려워해라.
다수에 휘둘리지 말고 자신만의 가치를 지녀라.
때로는 사회적 통념을 무시해야 창조의 단초가 될 수 있다.
많은 사람들이 일하는 방법을 벗어나 새로운 방법을 시도해 보라.
처음에는 무모해 보일 수 있지만 전에 보지 못한
무언가를 발견하게 될 것이며 틈새를 찾아낼 수 있을 것이다.

오늘의 문제는 어제의 해법으로 해결할 수 없다.
진정한 발견은 새로운 것을 찾는 것이 아니라, 새로운 눈으로 보는 것이다.
관점을 변화시킴으로써 평범한 것을 비범하게 만들 수도 있고,
특별한 것을 진부하게 만들 수도 있다.
보고 있으면서도 보지 못한 것이 무엇인지 찾아보아야 한다.
소소한 것에서 무언가를 포착하려고 해야 한다.
때로는 진리를 의심하고 사물을 거꾸로 보고 물구나무서서 바라보라.

헤르만 헤세의 소설 데미안에 '새는 알을 깨고 나온다. 알은 새의 세계다.
태어나려는 자는 한 세계를 파괴해야만 한다.
하나의 세계를 파괴하지 않으면 새로운 세계로 나갈 수 없다' 는 글이 있다.
창조를 원하는 자는 기존의 질서를 깨야한다.
파괴할 용기가 없으면 창조는 있을 수 없다.
기존의 틀을 깨고 새로운 것만을 생각해라.

훌륭한 내일을 창조하기 위해서는
오늘의 안정된 상태를 주체적이며 의도적으로 파괴할 수 있어야 한다.
오늘을 스스로 파괴하는 사람이 미래의 주인공이다.
창조를 통해 파괴하지 않으면 도태된다.
하나의 세계를 파괴하고 비상해라.

눈 속에 무엇이 끼어 있으면 무엇을 보더라도 잘못 본다.
귓속에 이명이 있으면 무엇을 들더라도 잘못 듣는다.
마음은 비워두면 비워 둘수록 올바른 판단에 이른다.
창의성을 가로막는 고정관념에 사로잡히지 않아야 창조가 가능하다.
어떻게 새롭고 혁신적인 생각을 떠올리느냐가 아니라
어떻게 낡은 생각을 떨쳐내느냐이다.
고정관념을 파괴하고 새로운 시각으로 세상을 바라보아라.

아를의 도개교. 1888. 독일 쾰른 발라프 리카르츠 미술관

두 어린이. 1890. 파리. 오르세 미술관

친구

친구는 인생에서 소중한 보물이다.
좋은 친구 한 사람 만나는 것이 인생의 축복이며 행운이다.
만남으로 친구가 되는 것이지만 만남이 꼭 친구로 연결되지는 않는다.
좋은 친구를 만나는 것은 더욱이나 어렵다.
좋은 만남을 위해서는 자신을 가꾸고 다스려야 한다.
좋은 친구를 만나려면 자신이 먼저 좋은 친구감이 되어야 한다.
친구란 부름에 대한 응답이기 때문이다.
먼저 손을 내밀어 좋은 친구를 만들어라.

'영혼의 친구' 가 있는가?
인생을 좋은 방향으로 바꿔놓을 수 있을 정도로 영향을 끼치는 친구인
영혼의 친구를 사귀어야 한다.
영혼의 친구는 평생에 한두 번 나타날까 말까 한 특별한 친구다.
좋은 꿈을 가지고 열심히 살거나,
모든 일에 기쁜 마음으로 최선을 다하다보면 선물처럼 만날 수 있다.

친구에게 좋아한다고 말해 본 적이 있는가?
친구의 우정에 감사한 적이 있는가?
친구니까 우정이 당연하다고 생각해서는 안 된다.
우정에 대한 감사의 표현을 하면서 우정에 자양분을 수시로 주어야 한다.

친구가 많다는 것을 자랑할 일은 못된다.
친구는 얼마나 많으냐가 아니라 어떤 사람이냐가 중요하다.
신뢰할 수 있고 의지할 수 있고 본받을 수 있는 친구가 관건이다.
친구를 사귀는 데 있어서 중요한 건 질이지 양이 아니다.

친구 사이에 적절한 거리를 유지하는 것에 신경을 써야 한다.
누구나 침범당하지 않았으면 하는 개인적인 영역이 있기 때문이다.
아무리 가까운 친구라고 해도 '선을 넘으면' 관계가 오래 지속되지 못한다.
친구 사이에도 예의가 중요하다.
친해지면 자칫 소홀해지기 쉽다.
가까워질수록, 익숙해질수록 더 조심하고 배려해야 한다.
그래야 친한 사이가 더 오래간다.

'지위 친구' 와 '인생 친구' 를 혼동하지 말아야 한다.
'지위 친구' 는 지위나 성공을 보고 찾아온 사람이고
'인생 친구 '는 꿈을 함께 하며 미지의 먼 길을 같이 걸어가는 사람이다.
좋은 친구는 '지위 친구' 가 아닌 '인생 친구' 다.
'인생 친구' 는 마음이 통하고, 함께 있으면 더욱 빛이 난다.
진정한 우정은 오랜 기간 동안 서로를 이해한 후에 이루어지고
쉽게 뜨거워지지 않고 쉽게 식지 않는 우정이다.

“누구를 친구로 사귀고 있는지 가르쳐 달라.
그러면 네가 어떤 사람인지 알아맞혀 주겠다.”
부도덕하거나 어리석은 자와 친구이면 같은 평가를 받는다.
이런 자와 어울려 위험에 빠지거나 명성을 희생하지 마라.
접근해 오면 눈치 채지 않게 몸을 피하되,
필요 이상으로 냉담하게 대하여 적을 만들지 마라.

잠시 동안 뜨겁다가 식어버리는 이름만의 친구가 있다.
오늘의 이름만의 친구가 내일의 적이 될 수 있다.
우정의 변절자가 싸움을 걸어오는 일이 없도록 해라.

친구라면 나이가 비슷한 사람들로 한정되기 쉽지만
젊고 새로운 생각과 생동감 넘치는 행동을 하는
세대가 다른 ‘젊은 친구’ 가 필요하다.
‘젊은 친구’ 는 나이로 구분되는 것이 아니다.
나이가 어려도 고리타분한 생각과 행동을 하는 사람이 있고,
나이가 많아도 젊고 발랄한 생각과 행동을 하는 사람이 있다
‘젊은 친구’ 를 두어야 흥미나 말투나 표현하는 방법이
어떻게 자신과 다른지를 알고 배울 수 있다.
세대를 떠나 생동감 넘치는 친구와도 즐겁게 교제해라.

알리샹 거리, 1888, 개인 소장

칭찬

인간 본성의 심오한 원칙은 인정받고 싶은 욕구다.
칭찬은 귀로 먹는 보약이다.
칭찬은 아무리 많이 받아도 신물이 나지 않는다.
칭찬은 인생을 춤추게 한다.

칭찬은 삶의 버팀목이 되는 자존감 형성에 영향을 미친다.
자신감과 자긍심을 불어넣어 동기를 부여한다.
창의적 사고와 행동을 일으키고 지속시키는 에너지다.
칭찬은 불가능을 가능케 만드는 기적의 힘을 가지고 있다.
칭찬은 인간관계의 윤활유와 같고, 상처에 치료제를 발라주는 것과 같다.

믿음이 곧 칭찬이다.
믿어주는 것이 사람을 움직이는 가장 큰 힘이다.
"믿음이 가게 해야 믿어주지!"라고 할 수 있겠지만 믿어주는 것이 먼저다.
믿어주면 믿음이 가게 행동하려고 노력한다.
믿어주는 것이 최고의 칭찬이다.

칭찬을 많이 하는 것보다 잘 하는 것이 중요하다.
능력과 결과에 대한 칭찬보다는 노력과 과정에 대한 칭찬이 바람직하다.
칭찬을 받고 싶어 하는 것을 알아야 한다.
즐겨 화제로 삼는 것을 주의하여 관찰하면
우수한 부분과 인정받고 싶은 부분을 화제에 올린다.
우수한 부분보다 인정받고 싶은 부분을 칭찬하는 것이
호의를 갖게 하는 최고의 약이다.

뒤에서 칭찬하는 것이 더 큰 기쁨을 줄 수 있다.
칭찬한 대상에게 칭찬한 말을 전해 줄 사람을 찾아야 한다.
그 말을 전달함으로써 덕 볼 사람을 선정하면
확실히 전달할 뿐만 아니라 과장해서 칭찬할 것이다.

칭찬과 비판은 양날의 칼이다.
한쪽으로 치우치면 대상을 다치게 하는 무기가 된다.
칭찬은 삶의 활력소이지만
지나친 칭찬은 자만 속으로 빠뜨려 추진력을 잃게 되어 몰락하게 만든다.
비판은 잘못된 상황을 시정하게 만들지만 상처 입히고 좌절하게 만든다.
자만에 빠져 있는 사람에겐 정직한 지적을,
좌절에 빠져 있는 사람에겐 일어설 수 있는 격려를 해라.

타인에게 손가락질 할 때 나머지 세 손가락은 자신을 향한다.
검지는 상대를, 중지, 약지, 새끼손가락은 자신을 가리킨다.
나머지 엄지손가락은 하늘을 향해 신의 심판을 청구하고 있다.
질책보다 자책이 3배나 중요하다는 뜻이다.

인간은 다른 사람을 비난하는 경향이 있다.
비난하기 이전에 이해하려고 노력해야 한다.
자기 집 대문 앞이 지저분한데 옆 집 지붕 위의 눈에 대해 비난하지 마라.
비난이 배어있는 사람은 날카로운 칼을 쥐고 있는 사람이다.
칼에 아픔을 당한 사람은 함께 하지 않으려 한다.
남을 비난하는 그 순간 마음은 결코 행복하지 않다.
시기하거나 비난하는 마음은 그 자체가 불행이다.

비난은 위험한 짓이다.
자존심에 상처와 손상을 입혀 원한을 불러일으키기 때문이다.
원한을 사고 싶은 사람은 신랄하게 비난해라.
비난의 내용이 맞고 안 맞고를 떠나
사람은 비난보다 인정을 받을 때 더욱 노력하고 훌륭한 성과를 거둔다.
비난이 아니라 인정하고 격려하고 칭찬해라.

아를 광장의 밤의 카페테라스, 1888, 오테를로, 크롤러 뮐러 미술관

쾌락

쾌락은 감성의 만족이나 욕망의 충족에서 오는 유쾌한 감정이다.
쾌락은 단순히 말초적 감각기관에 대해 느껴지는 감정만이 아니라
자아를 실현하거나 어떤 일에 성공하거나 만족했을 때 느껴지는
지적 · 정신적 성취감을 포괄한다.

뇌에는 쾌락을 일으키는 '쾌락중추' 라는 부분이 있는데
정신적 혹은 육체적 행위로 자극하면
기쁨, 흥분, 환희 같은 기초적인 감정부터
전율, 오르가슴, 무아지경에 이르는 황홀감까지 느낀다.

쾌락은 오랫동안 유지되는 것이 아니라 순식간에 왔다가 사라지므로
인간은 끊임없이 쾌락중추를 자극하려고 시도한다.
맛있는 음식을 먹고, 운동하고, 사랑하는 사람과 스킨십 하면서
오감을 자극한다.

쾌락은 육체적인 것만이 아니다.
문화 공연을 관람하고 예술 작품을 감상하면서
온 몸에 전율을 느끼기도 하고
심오한 지식을 쌓고 어려운 문제를 풀며 흥분하기도 하고
아름다운 풍경을 보며 황홀경에 빠진다.

인간은 행복 추구를 삶의 목적으로 꼽는다.
행복은 즐거움을 느끼는 상태이고 달리 표현하면 쾌락이 충족된 상태다.
쾌락을 추구하는 것은 인간 본연의 모습이다.
쾌락은 삶의 한 구성 요소로써 행위에 진정한 의미를 갖게 한다.

인간의 행위는 쾌락의 증가와 고통의 감소를 목적으로 한다.
쾌락은 인간의 활동을 완전하게 하는 기능을 가지고 있다.
쾌락이 행위를 유발하는 동기로서의 긍정적 역할을 한다.
어떤 행동을 할 때 성취 혹은 성공의 느낌이 바로 쾌락이기 때문이다.
쾌락은 행동의 부산물로서 자체가 목적이 되어서는 안 된다.
행동의 결과로써 쾌락을 느낄 때 진정한 보람과 의미를 느낄 수 있다.

현대 사회는 쾌락 지향적 사회다.
쾌락을 절대선으로 보는 것은 문제가 있지만
절대악으로 부정적으로만 보는 것도 바람직하지 않다.
쾌락을 긍정하는 태도는 자신의 감정에 솔직하고 삶에 충실할 수 있다.
쾌락은 삶을 의미 있게 해주는 긍정적 역할을 한다.

건전하고 생산적인 쾌락은 장려되어야 한다.
쾌락 자체를 부정적으로 보는 사고는 지양되어야 한다.
쾌락은 활기찬 생명의 감각을 부여하여
열정적 활동을 연출케 할 수 있는 기제다.
쾌락을 통해 활기차고 풍요로운 삶의 의식을 지닐 수 있다.
최선의 인생 목표에 도달할 수 있는 힘을 얻을 수 있다.
쾌락에 대한 정당한 배려로 자신에 대한 진정한 배려를 실천해라.

쾌락은 삶에서 필요한 것이지만 무절제에 빠져 버리거나
편협하고 잘못된 형태의 쾌락을 추구하면 안 된다.
개인의 보람된 삶과 공동체의 질서를 유지하기 위해서 요청되는
많은 선들이 피해를 입거나 희생당하기 때문이다.
건전한 쾌락을 추구하여 몸과 마음이 건강해지고
삶을 보다 풍성하고 행복하게 만들어라.

노란 밀짚모자를 쓴 농부의 딸, 1890, 개인 소장

태도

미모의 아름다움은 눈만을 즐겁게 하지만
상냥한 태도는 영혼을 매료시킨다.
태도는 내적 특성을 외적으로 보여주는 도구다.
예의는 상대에게 맞추려고 하는 분별과 양식 있는 행위다.
상대에 대한 정중함과 상냥함이다.
인격을 외적으로 드러내는 표현 수단이며
행동을 아름답게 꾸며주는 장신구다.
예의는 평소의 습관이 쌓이고 쌓여 만들어진다.
태도를 훈련하여 예의 바른 사람이라는 말을 듣도록 해라.

예의는 인간관계를 부드럽고 편안하게 만들어준다.
예의는 빗장이 걸린 다른 사람의 마음으로 들어갈 수 있는 출입증이다.
무례하고 거친 태도는 마음의 문을 닫게 하지만
예의바른 행동은 마음을 쉽게 열게끔 한다.

예의는 사회적 관계에서 성공에 커다란 보탬이 된다.
정중함과 공손함이 성공을 결정할 수 있다.
많은 경우 예의 바른 태도가 부족하여 실패하고 만다.
사람은 머리가 아니라 예의로 자신을 지킨다.
최후의 승자는 예의 바른 사람의 것이다. 깍듯한 예의로 크게 이겨라.

'아스퍼거 신드롬Asperger Syndrome' 은 남을 전혀 이해하지 못하는 일종의 장애를 뜻한다. 아스퍼거를 사회적 의미로 확대시킨 '사스퍼거Social Asperger' 라는 개념이 있다.
사회생활에서 남을 배려할 줄 모르고 자신밖에 모르는 사람을 뜻한다.

배려는 인간만이 나눌 수 있는 아름다운 미덕이다.
나보다 먼저 상대를 생각하는 마음이다.
배려는 해야 할 의무를 지닌 것이 아니지만
의무감보다 한 단계 높은 마음 씀씀이다.
배려는 나와 함께 존재하는 다른 사람을 위해 가만히 손을 내미는 것이며,
나를 향한 다른 사람의 몸짓에 배인 의미를 충분히 아는 것이며,
덧붙여 그 따스함을 오래오래 기억하는 것으로 참으로 인간적인 몸짓이다.

배려라는 작은 몸짓이 세상을 살맛나게 한다.
배려하는 사람은 아름다우며 그 마음은 즐거움의 원천이다.
배려는 인간관계의 윤활유로 사람의 마음을 열게 하는 열쇠다.
사소한 배려가 호의를 갖게 하고 감동을 주어 받아들이게 한다.
인간이란 원래 조그마한 것에 감동하게 마련이다.
사소한 배려가 호의를 갖게 되고 받아들이게 한다.
서로 배려하며 사는 삶이 진정한 상생과 공존의 길이다.

친절은 세상을 아름답게 만든다.
비난을 해소하며 얽힌 것을 풀어 헤친다.
친절은 친절을 불러일으키고 선행에 의해 행복이 증대된다.
친절함을 실천하는 작은 노력이 행복한 세상으로 바뀌게 한다.
친절함이 자신의 마음에 평화를 유지하는 길이다.
다른 사람에게 베푸는 친절에 비례해 자신의 기쁨이 쌓인다.
남에게 친절함으로써 그 사람에게 준 유쾌함은
자신에게 돌아오며 때로는 이자를 가져오기도 한다.

친절은 나약함의 징후가 아니고 힘과 결단력의 표현이다.
힘없는 사람, 용기 없는 사람은 다만 친절을 가장할 뿐이다.
마음을 다한 친절은 드물다.
보통 친절한 사람은 그냥 친절하려든지 마음이 약한 자이다.
겉보기에 친절한 사람은 대체로 나약하며 쉽게 사나워진다.
진실로 친절한 사람은 확고한 신념을 가진 사람이다.

다른 사람의 마음을 사는 일이 거창하고 어려운 일이 아닐 수도 있다.
친절한 말 한 마디가 결정적인 역할을 할 수도 있다.
친절한 태도에 효율적인 서비스를 더해라.

햇살이 꽃을 피어나게 하고 열매를 익게 하듯이
쾌활함은 마음속에 좋은 씨를 심고 최고를 끌어낸다.
탁월함이란 쾌활함에서 길러진다.
쾌활함은 바깥에서 오는 것이 아니라 자기 안의 기쁨, 긍정적 생각,
주어진 삶에 대한 감사와 만족에서 피어난다.
진정한 쾌활함은 가식적이지 않다.
세상의 무게나 날씨와 상관없이 현재를 경험하는 한 가지 방식이다.

쾌활함은 훌륭한 마음의 강장제이다.
쾌활함을 유지하는 한 절망하지 않는다.
쾌활한 마음자세를 가지고 있다면 삶의 밝은 면을 볼 수 있다.
먹구름이 가득 낀 하늘을 보면서도
먹구름 뒤에 빛나고 있는 햇빛이 대지를 비추리란 사실을 알고 있다.

쾌활함은 꽃도 되고 빛도 된다.
자신과 주변 사람들을 행복하게 해주는 축제와 같다.
유쾌한 마음은 다른 사람에게 전염된다.
주변을 화사하게 만들고 밝게 해 준다.

'곱게 늙어가는 사람' 도 좋지만 '밝게 늙어가는 사람' 은 더 좋다.

젊은 소녀. 1890 워싱턴 국립 미술관

밀밭의 농가, 1888, 암스테르담, 반 고흐 미술관

평정

깊은 바다는 파도가 없으며 늘 고요하고 잔잔하다.
마음의 평정도 마찬가지로 고요함을 유지하는 것이다.
평정은 무감각하거나 냉정하거나 텅 비어있는 마음 상태가 아니며
단지 입을 닫고 침묵하고 있는 상태도 아니다.
평정이란 마음이 맑고 생생한 움직임이 들어차 있으며
마음이 들뜨지 않고 태도에 여유가 있는 상태다.

마음의 평화는 자신에게 줄 수 있는 선물로 어느 누구도 대신할 수 없다.
어떤 상황에 처해 있건
자신의 삶을 사랑하는 것에서 마음의 평화는 시작된다.
마음의 평화를 다짐한다는 것은
삶에서 부딪히는 도전적인 문제에서 한 발 물러나겠다는 의미가 아니라
내면이 평화로운 상태를 최우선 순위에 두겠다는 것이다.

마음의 평정은 마음공부의 최고 단계다.
상황이나 조건에 따라 마음이 흔들리고 출렁이는 것이 아니라
가라앉아 있어야 한다.
자기성찰과 수련으로 마음의 평정을 유지해라.

마음은 수천 개의 채널이 달린 텔레비전과 같다.
선택하는 채널대로 순간순간의 자신이 존재한다.
분노를 켜면 분노하는 자신이 되고,
평화와 기쁨을 켜면 평화롭고 기뻐하는 자신이 된다.
원망이나 분노가 치밀어 오를 때, 변명이나 주장을 하고 싶을 때,
기쁨이나 놀람으로 마음이 흔들릴 때, 평정을 유지하기란 쉽지가 않다.

평정을 잃지 않는 사람은 마음이 크고 중심이 있는 사람이다.
큰 인물이 되기 위해서는 마음의 평정을 유지할 수 있어야 한다,
어떤 일이 일어나도 무슨 말을 들어도
마음이 동요하지 않고 고요하고 평온한 상태를 지니고 있어야 한다.
마음이 흔들리지 않고 평온한 상태는
자신을 다스린 사람만이 얻을 수 있는 과실이다.

삶에는 곳곳에 고통이란 지뢰가 숨어 있다.
욕망, 증오, 자만, 잘못된 견해가 고통이란 지뢰의 뇌관이다.
뇌관을 제거하면 삶은 한결 편안해진다.
구겨진 종이에 그림을 그릴 수 없듯이
마음이 평정해야 일에 대하여 예리하게 판단할 수가 있다.
평정을 유지할수록 행복하고 즐거운 삶을 누린다.

평정을 위해서는 내면의 평온을 찾아야 한다.
흥분을 가라앉힐수록 평온한 기운이 온몸으로 퍼져나간다.
마음이 평온해지면 어떤 상황에서든 침착하게 행동하게 된다.
평정은 훈련이 요구되고 체험이 필요하다.
마음이 평온해졌던 경험을 떠올려보라.
경험이 반복될수록 더욱 깊은 평온을 체험할 수 있을 것이다.

평정을 유지하기 위해서는 인생 전체의 시각으로 보아야 한다.
단편적이 아니라 전체적으로 문제를 보아야 한다.
문제는 심각한 것이 아니라 삶의 한 과정임을 깨닫게 된다.
가장 큰 행복과 가장 큰 불행에서도 동요하지 마라.
행복과 불행에 초연하여 경탄을 야기해라.

삶의 주체가 되기 위해서는 마음 다스리는 법을 배워야 한다.
마음의 찌꺼기를 가라앉혀야 평정이 온다.
마음속에는 분노와 욕심, 이기심과 개인주의,
열등감과 패배의식과 같은 찌꺼기가 있다.
찌꺼기를 거르는 정화 과정이 필요하다. 삶에서 잡동사니를 제거해라.
고통스러움을 불러일으키는 기억이나 상황이 있다면 결별해라.
고통을 끌어안고 있지 마라. 단호하고 과감하게 내려놓아라.

붓꽃(아이리스)이 만발한 아를 풍경, 1888, 암스테르담 반 고흐 미술관

행복

행복은 삶의 목적이다.
행복은 깊이 느낄 줄 알고, 단순하고 자유롭게 생각할 줄 알고,
삶에 도전할 줄 알고, 남에게 필요한 삶이 될 줄 아는 것이다.
행복의 원칙은 어떤 일을 하고, 어떤 것에 희망을 가지고,
어떤 사람을 사랑하는 데 있다.
지금 현재 하고 있는 일, 지금 현재 가지고 있는 것,
지금 현재 사랑하는 사람에 대하여 행복한 마음으로 받아들여라.

행복은 산의 정상에 도달하는 것도 아니고
산 주위를 목적 없이 배회하는 것도 아니다.
산의 정상을 향해 올라가는 과정에서 느끼고 얻어지는 것이다.
추구하는 걸 이루는 것은 성공이지 행복이 아니다.
추구하면서 좋아하는 것이 행복이다.

행복은 성공을 해야 이루어지는 것이 아니며,
성공 여부를 떠나 삶의 길목에 항상 존재하고 있다.
행복은 멀리 있지 않다. 바로 앞에 있는 친구다.
행복은 훗날 달성해야 할 목표가 아니라 지금 이 순간 존재하는 것이다.
'지금' 이 바로 행복의 순간이다. '여기' 가 바로 행복의 장소다.
살아 있는 동안 행복해라. 지금 행복하다고 생각해라.

자기가 가지고 있는 것을 보지 못하고
허둥대며 다른 곳에서 행복을 찾으려고 하지 않는가?
찬찬히 자신이 가지고 있는 행복을 하나하나 꼽아가며 헤아려 보라.
행복이란 아주 작은 것에서부터 행복을 찾아내는 자신의 생각이다.
행복은 소박한 기쁨을 맛보고 그런 기쁨과 조화를 이루는 능력,
그런 기쁨을 자주 만들어내는 능력에서 오는 것이다.

행복은 자신을 둘러싼 환경이나 조건이 아니라 주관적 가치다.
행복은 주어지는 것이 아니라 짓는 것이다.
행복은 행복하다고 마음먹은 만큼 행복해진다.
행복해지고 싶으면 행복하다고 생각해라.

행복해지려면 감사에 눈을 떠야 한다.
감사가 바로 행복의 문을 여는 열쇠다.
행복은 소유의 크기가 아니라 감사의 크기에 비례한다.
'이러저러하기 때문에' 가 아니라
'그럼에도 불구하고' 웃을 수 있는 사람이 진정으로 행복한 사람이다.
자신의 삶에 자족해야 행복한 사람이다.
덕 있는 삶, 스스로 만족하는 삶을 살 때만 행복하다.
지니고 있는 많은 행복의 원천을 떠올려라.

비교는 불행으로 가는 지름길이다.
자신이 갖고 있는 것과 자신이 원하는 것을 비교하고,
현재의 자신을 과거와 미래와 비교하는 것도 불행의 씨앗이다.
비교하는 순간 삶의 리듬은 헝클어지고
자신의 모습과 목표가 초라해 보이고 허황돼 보이기 시작한다.

비교하면 다름이 보이는데 다름은 틀림이나 모자람이 아닌데도
그렇게 생각하면서 불행의 싹을 키운다.
타인과 비교한다면 결코 행복해질 수 없다.
위를 비교하면 자신이 비천해지고 아래와 비교하면 교만해질 수 있다.
비교하여 남의 삶을 베끼려 하지 마라.

남과 비교한다는 것은 마음이 불안정하고 불편하다는 증거다.
정체성과 자아를 잃고 자신이 가지고 있는 향기를 감추는 것과 같다.
자신을 이해하고 파악한 데서 행복의 모양새를 스스로 갖출 수 있다.
행복의 기준을 남에게 두지 말고 자신의 삶을 살아야 한다.
현재의 삶에 감사하면서 '어제의 나'와 '오늘의 나'를 비교하여
자신의 발전과 성장에만 활용해라.

오후의 휴식(밀레 모작). 1890. 파리 오르세 미술관

휴식

몸을 너무 혹사하고 있지는 않는가?
왜 그렇게 쉬지 않고 달리는 것인가?
쉬어가라.

가장 위험한 자동차는 브레이크가 고장 난 차다.
멈춰야 할 때 멈추지 못하면 사고가 난다.
휴식은 갑자기 멈추는 위기의 순간을 막는 인생의 브레이크다.

휴식은 멈춤이 아니라 더 멀리 뛰기 위한 재충전이다.
휴식을 통해 얻은 활력, 편안함, 개운함으로
집중할 수 있고 창의성을 발휘할 수 있다.
휴식이 없는 인생은 숨이 차서 멀리 가지 못한다.
휴식을 해야 일이 재미있고 좋은 성과도 올린다.
일 전체가 한눈에 들어오면서 어디에 조화나 균형이 부족한지
자세하게 보이면서 최상의 결과를 만들어낸다.

일이라는 삶의 심각성으로부터 때때로 벗어나야 한다.
휴식이 쫓기는 일상에 여유와 평화를 가져다준다.
바쁜 일상 속에서 가끔씩 자신을 풀어주면서 충분히 쉬도록 해라.

휴식이란 단순히 쉬는 것만은 아니다.
휴식은 편안한 상태로 쉬는 것으로 육체와 정신을 관리하는 것이다.
휴식은 제대로 취해야 한다.
휴식은 얼마나 쉬느냐가 아니라 어떻게 쉬느냐가 중요하다.
장소만 옮겨 몸에 잔뜩 호사를 하고 왔다 해도
돌아오는 그 순간부터 여전히 일과 생각에 시달린다면
고민을 잠시 덮어 둔 것일 뿐 제대로 된 휴식이 아니다.
몸은 편히 쉴 수는 있어도 마음의 휴식을 취하기는 쉽지 않다.
쉬기 위해 찾아간 여행지에서도 마음이 편치 않았다면
그건 제대로 쉬었다고 할 수 없다.

마음을 쉬는 것도 연습이 필요하다.
무슨 생각이건 이어가려 하지 말고
마음을 쉬게 하는 연습이 쌓이다 보면 삶에 여유가 생긴다.
삶에 여유가 생기면 세상이 달리 보인다.
가만히 자신의 내면을 들여다보면
내면의 찌꺼기는 가라앉고 마음의 평화가 온다.
무슨 행동이건 계속하려는 마음을 순간적으로 멈추며,
'잠깐만' 하고 스스로에게 동작 정지 명령을 내려라.

바다를 본 것이 언제였는가?
아침의 냄새를 맡아 본 것은 언제였는가?
새로운 음식을 맛보고 즐긴 것은 언제였는가?
이국적인 풍물을 본 것은 언제였는가?
푸른 초원에 앉아 나뭇잎 흔들리는 소리, 새가 지저귀는 소리,
시냇물 흘러가는 소리, 좋아하는 음악을 들어보라.
파란 하늘에 유유히 떠가는 구름을 바라보라.
발상의 벽에 부딪치면 바다나 강가로 나가 낚싯줄을 드리우라.
파도와 바람 그리고 햇볕으로부터 아이디어를 낚아라.

자연은 휴식하는 자에게 말해 준다.
'몸의 소리를 들어라', '맑은 눈을 뜨라', '아름다움을 배우라' 고.
지친 몸과 영혼도 씻어내고, 잃어버린 나를 다시 찾게 된다.
지친 영혼은 생기를 얻고 맑고 따뜻한 시선으로 세상을 바라보게 된다.

가끔은 멈춰 서서 주위를 살펴보면
지금까지 인식하지 못했던 사물을 발견할 수 있다.
가끔씩 혼자서 전혀 가보지 않았던 곳을 찾아가 보라.

여행은 움직이는 것으로 살아있음을 느끼게 한다.
삶을 풍요롭고 여유 있게 만들고 행복으로 이끌어주면서
일과 생존 투쟁에서 벗어난 삶이 어떤 것인지 보여준다.
여행은 새로움을 시도하는 것이다.
새로운 인연으로 사람을 만나고
새롭고 신기한 뜻밖의 것들과의 조우를 통해 인생을 풍요롭게 한다.
여행은 낯선 것과의 만남이다.
낯선 골목에서 문득 들려오는 달콤한 음악처럼 예상치 못한 기쁨을 준다.

여행은 길 위의 움직이는 학교로 넓은 시야로 삶을 배우게 한다.
가슴을 열게 하면서 자신의 삶을 생각하는 여유를 갖게 한다.
여행은 정신을 다시금 맑고 젊어지게 하여
인생을 설계하는 시간을 주고 창조적 영감을 얻게 한다.

여행은 휴식이어야 한다.
어디를 가서 무엇을 보든 휴식이 없는 여행은 또 다른 형태의 노동이다.
여행은 새롭고 낯선 일상 속에서의 게으름이어야 한다.
신체가 허약해지면 여행 의욕도 사라진다.
여행을 하고 싶다면 하루라도 빨리 여행을 떠나라.
조금 멀리 떠나라. 떠나서 쉬어라.

카라반, 아를 주위의 집시 캠프. 1888. 파리. 오르세 미술관

론강의 별이 빛나는 밤. 1888. 파리. 오르세 미술관

희망

왜 쓰러지고 싶은 날들이 없겠는가?
때로는 포기하고 싶고, 쓰러지고 싶고, 자신을 버리고 싶을 때가 있다.
삶의 막장에서 고통과 절망으로 울부짖을 때가 있다.
막장이 더 내려갈 수 없는 곳임을 깨닫는 순간,
남은 것은 희망뿐임을 깨달아야 한다.
막장에서도 삶은 계속되며 이제 희망만 있다.

칠흑같이 컴컴한 방이 있다.
스위치 하나만 찰칵! 올려준다면 환하게 빛난다. 사람의 마음도 똑같다.
인생에서 부닥치는 무수한 절망과 포기하고 싶은 순간들.
바로 그 순간 희망의 스위치를 찰칵! 올려라.

희망의 줄을 놓으면 한 순간에 무너진다.
절망이 희망을 점령하게 해서는 안 된다.
절망의 끝자락에 붙어있는 것이 희망이다.
희망의 밧줄은 언제나 아주 가까운 곳에 있다.
절망의 나락에 떨어지지 말고 희망의 밧줄을 놓치지 마라.

신이 인간에게 준 중요한 축복은 희망이다.
인간은 끊임없이 희망을 품고 살아가는 존재다.
희망은 마음에 꽃을 피게 하고 삶을 지배한다.
희망은 현재를 결정하는 연결고리이며 혁신하는 원동력이다.
희망은 성취되지 않은 미래의 소망이지만 이루려고 노력하기 때문이다.
희망이 무엇이냐에 따라 현재의 삶이 정해진다.
희망이 잠재적 능력을 발휘하게 하고 기회를 맞이하게 한다.

희망을 품고 도전하는 사람이 인생의 승자다.
수확할 희망이 없다면 농부는 씨를 뿌리지 않으며
이익을 거둘 희망이 없다면 상인은 장사를 하지 않는다.
희망을 품는 것이 성취할 수 있는 첫걸음이며 지름길이다.
희망은 정신적 엔진이다.
어둡고 험한 세상에서 빛으로 이끄는 큰 힘이다.
인내와 용기를 발휘하게 하여 시련을 극복하고 삶을 변화시킨다.
세상에 희망만한 명약은 없다.
내일은 더 나아질 것이라는 기대보다 약효가 강한 자극제는 없다.
지금의 고통이 언젠가는 사라지리라는 희망,
누군가 어둠 속에서 손을 뻗어 주리라는 희망,
내일은 내게 빛과 생명이 주어지리라는 희망이 있어야 투혼도 빛난다.

내일 일은 모르지만 희망을 품고 사는 사람과
절망을 품고 사는 사람의 차이는 삶과 죽음의 차이다.
몸은 심장이 멈출 때 죽지만 영혼은 희망을 잃을 때 죽는다.
희망의 빛을 보고도 눈을 감는 것은 자살 행위다.

희망을 갖지 않는 것은 어리석으며, 버리는 것은 죄악이다.
세월은 이마를 주름지게 하지만 절망은 영혼을 주름지게 한다.
희망의 상실을 보상할 수 있는 것은 아무 것도 없다.
희망이 사라졌는데, 어떻게 행복할 수 있을까?

절망의 순간에 희망이 없는 삶은 바로 죽음과 같은 삶이다.
절망적인 상황에서 버틸 수 있게 하는 힘은 바로 희망이다.
살면서 부딪치는 절망이라는 암벽을 담쟁이가 타고 오르듯이
희망이 절망을 정복해야 한다.

희망은 늘 괴로운 언덕길 너머에 기다리고 있다.
희망이 없다고 생각하면 보이지 않고 있다고 믿으면 보인다.
희망을 그리는 사람은 마침내 그 희망을 닮아간다.
희망이 이루어질 것을 믿어라.

뉴 암스테르담의 도개교. 1883. 네덜란드 그로닝거 미술관

- *Aphorism* -

살아가는 것에 대한 해답